夢游記

柯佳嬿

夢境　太陽黑子

有什麼在我眼前閃現，小小的火花，在我附近繞行。我依稀記得有個任務要完成。

在走進這片黑暗之前，我撥了十一次電話給你，寄出六封內容相同的電子郵件，都沒有回音。我有一封很重要的信要親手拿給你，我有很重要的事要當面告訴你。

眼前這片黑暗裡什麼都沒有，沒有燈，沒有地毯，沒有生活用品，沒有家具，沒有出入口，只有許多舊型號的電視機，堆疊起一整面電視牆。

有些螢幕閃爍著雜訊，黑白雪花點狀疊加在畫面上不停閃爍，發出微微的電磁波的聲音。我懷疑那訊號在傳遞某個訊息，只是我沒能讀懂。

有些螢幕正在播放醒著的人們的記憶，一段難忘的時光，或思念的對象。他們說話的聲音交錯在一起，聽不清到底誰說了什麼。

我不知道這些記憶屬於誰，也不知道其中的關聯，嘗試著從中讀出有用的訊息，或許有某個畫面屬於你。

我盯著那些畫面看了好久，有幾次你的樣子閃現在螢幕裡面，我不確定那是不是一種幻覺或妄想，就這樣反覆的尋找、發現，再反覆的向自己確認相同的問題，終於我慢慢失去了睡眠，感覺自己的意識受到嚴重干擾。

有時尋找太久，會忘了自己最開始在找的究竟是什麼。所有的感受都變得很模糊，我感覺自己像一鍋壞掉的粥，又稠又黏，令人食不下嚥。

在我附近繞行的那些小小火花，此刻數量多得異常，那些火花持續繞行，我感覺身體變得好輕，雙腳逐漸離開地面，懸浮於半空，這些火花將我包覆起來。

我想像自己就像宇宙微波背景一樣，成為宇宙中最古老的光，我代表著所有未知的未來。我變成雜訊的一部分，隱匿在這些雜訊裡來回穿梭，多希望有人能讀懂我，或是在一瞬間認出我的樣子。

千百年來，我看向螢幕外一個個駐足又離開的陌生臉孔，沒有人發現過。人們經常懷疑自己感受到的召喚，即便在瞬間看到了徵兆也不願相信，並將之視為幻覺或妄想，安穩的過著狹隘平庸的一生。

當我擁有軀體時也是這麼想的，人類天生腦部迴路的設計，就是防止太多人知道這個世界其實是一場騙局。

現在我深切感受到自己是如此真實的存在，跟畫面上這些黑白雪花點狀疊加在一起，試圖向人們發出訊號。或者說，試圖向你發出訊號。

我就在這裡，帶著一個重要的訊息。

奇幻地　牧羊人

天還沒亮，少年已經醒過來了。其實也不確定自己有沒有睡著，如果有睡著的話，也沒辦法知道自己確切睡了多久。這裡沒有時鐘或手錶，沒有任何可以看到時間的東西，時間流動的方式可能跟原本認知的不一樣，有時候一天很漫長，有時候才剛起床馬上就天黑了。印象中也曾經有連續好幾天的夜晚，或連續好幾天的白晝，唯一能判斷時間的方式就是羊群，他們一天只吃一餐，花很長的時間慢慢吃完，然後休息。在晝夜不分的日子裡，少年靠著羊群進食的次數，得知一天的開始與結束。

天氣很冷，少年給自己沖了杯熱咖啡，燒乾草還有樹枝生火，準備煮肉湯配麵包來吃。冷凍起來的肉已經剩不多了，他希望這個冬天的時間能走得快一點，計畫在下個春天來臨時去打獵，然後種一點玉米和麥子。簡單吃過東西以後，羊群也慢慢開始活動，很奇妙，羊群總是在他吃過東西以後才醒來。少年給羊群胡蘿蔔和菠菜根還有一些樹葉，這時候天已經亮起來了，這個時節大地有股蒼茫的美，北風冷冽，陽光刺眼。他深呼吸，空氣非常乾淨，聞起來有種淡淡的烤杏仁的味道。少年稍微洗漱一下，拿了把椅子在羊群附近坐著。

一隻老鷹在天空中盤旋，畫出了很美的弧線，他看得著迷。少年曾夢想成為馴鷹師，如果能有隼或是鵰這樣的猛禽作伴一定很帥，可惜他要照顧羊群，沒辦法花上三、四年的時間與一隻鷹密集相處，培養信任和感情。羊群很好，他們很溫馴，少年想，自己應該要滿足。他走到屋子後面拿出專門的梳子幫羊群梳毛，羊群看起來很享受的樣子，少年拍拍他們，引領梳過毛的羊到陽光下曬一曬。郵差不知道什麼時候出現的，看到的時候他已經出現在旁邊的小徑上，郵差的拖拉機就停在不遠處，他每次都是坐那個東西過來。少年朝郵差揮手，大喊早安，郵差把信投進信箱，轉過頭來回了一聲早安，就往拖拉機的方向走回去。

少年將信箱打開，今天的信不多只有幾封，也許趕完羊群還有時間可以讀點書。第一封信裡，夢的主人數到六十四隻羊就會睡著。第二封信裡，夢的主人數到一百二十八隻羊就會睡著。第三封信裡，夢的主人數到九十六隻羊就會睡著。少年照著信封上的指示分配羊群，把他們趕到距離這裡唱三首歌的地方等待，時間到了，羊群就會到那些人的夢裡去，到底是怎麼去的、從哪裡去的，他也不知道。還好現在數羊入睡的人並不多，這個工作還不算太累，反而是日復一日的規律性，有時候會讓少年感到疲憊。

少年回到屋裡，就著窗戶透進來的天光看書，直到天色暗下來。天黑以後，他披上羊毛毯走到屋外，確保羊群都安全回到原來的地方，然後將圍欄鎖上，留了一盞油燈，又回到屋內。他用胡蘿蔔和馬鈴薯燉蔬菜當晚餐，放了一點迷迭香，只用鹽巴和黑胡椒調味，很快就吃完了。清潔過身體換上睡衣，少年喝了一口威士忌後爬回床上，蜷縮在棉被裡。或許明天會更冷，或許明天數羊的人會更多，或許明天郵差會跟他多說兩句話，或許明天沒有老鷹在天空中盤旋。少年想著明天的事，很快就進入夢鄉。

隔天起床天氣更冷了，窗戶摸起來很冰，少年把上頭起的水霧擦掉，看出去外面一片白茫茫，應該是夜裡下了雪。少年將乾草和樹枝丟進爐子裡生火，燒一壺水沖咖啡，順便烤麵包配乾酪當早餐。吃飽後他穿上大衣，戴上毛呢帽子，走到戶外察看羊群的狀況，他們緊緊靠在一起，身上還有一些未融的小雪花，在睫毛上一眨一眨的，羊毛跟雪花看起來那麼和諧，好像這些羊天生就是如此。少年逐一清理掉羊群身上的雪花，等太陽完全出來以後才開始搭建帆布帳篷，那些帆布很重，他花了一整天的時間才搭建完成。羊群進到帳篷沒多久就發出咩咩咩的叫聲，溫暖與安全使他們意識到飢餓。

屋內漸漸暖和起來，少年拿出記事本和筆坐在桌前，列出需要補給的物品清單，乾草和樹枝快沒有了，麵粉也不夠，可能也需要更多的胡蘿蔔和菠菜根，天氣冷，羊群吃得更多。今天在郵差送信過來之前，可能得過去摩耳甫斯那邊一趟，帶些東西跟他做交換，摩耳甫斯的家在距離這裡燃燒一百根火柴的地方，來回就是兩百根火柴，應該來得及。少年起身收拾東西，換了更保暖的靴子也戴上手套，從儲藏室拿出兩罐綿羊油，另外還準備了一條羊毛毯一起放進背包裡，打算以這些東西做交換。

踏出屋外少年劃開第一根火柴，等火柴燃燒完冒出一縷白煙，便接著劃開下一根火柴，就這麼不停反覆著前進。他邊走邊欣賞美麗的景色，陽光偶爾從雲層裡面透出來，形成很美的光柱，那些山全都被白雪覆蓋，湖面也結成了冰，這些美景不管看過多少次還是很令人讚嘆。天空中沒有老鷹盤旋，可能太冷了，也可能回程的時候有機會看到也不一定。少年聽見清脆的鈴聲從遠方傳來，也許是摩耳甫斯門前的風鈴。他突然想起自己好像很久沒有聽音樂了，如果這個時候能聽音樂不知道有多棒，純演奏的爵士樂，太適合這裡了。

劃開第七十九根火柴的時候已經看得到摩耳甫斯的家，是一間由黑檀木建造的房子，周圍開滿了罌粟花。很奇妙，不管是什麼季節，摩耳甫斯的房子外面永遠都開滿了罌粟花。少年客氣的敲敲門表明身分來意，摩耳甫斯過沒多久就來應門了，他開門的時候嘴裡還叼著菸。少年如願換到了乾草、樹枝、麵粉、胡蘿蔔和菠菜根，摩耳甫斯很好心的送了幾支菸，問少年要不要喝杯威士忌再走。

「不了，謝謝你的好意，但我必須回去。」少年禮貌的拒絕，他得趕回去等郵差，不知道今天會分配多少隻羊出去。否則這麼冷的天氣，他真想喝上一杯威士忌再走。

「你，必，須，回，去。真有意思。」摩耳甫斯露出令人玩味的笑，這句話好像引起了他的興趣。

當然少年不知道這句話有什麼有趣的，就是必須回去，哪裡有意思了。少年跟摩耳甫斯借了一台小推車，把交換來的東西放進去，推車很舊，木板都已經有點腐朽了，輪子轉動時會發出一點聲響，不過還能用。少年把推車把手上的皮帶綁在腰上，讓推車在他的後方，從踏出屋外開始便劃開第一根火柴，等火柴燃燒完冒出一縷白煙，又接著劃開下一根火柴，就這樣反覆著朝家的方向前進。

路上，少年又聽見清脆的鈴聲，不知道究竟是從哪裡傳來的。應該是風鈴聲沒錯，他知道這是風鈴發出的聲音，他曾經聽過。

魏怡海

許仙的本名就叫許仙。我跟她認識的時候十三歲，中學一年級，她是我唯一喜歡過的女孩子。我也不記得她是什麼時候患病的，回想起來大概在我們大學二年級的那個暑假，她跟我說上學很累，想先休息一下，後來開學了沒看見她，也聯絡不上，才知道她住進了秀山療養院。那是一家在山上的精神病院，我不懂許仙為什麼要去，她有些行為跟想法是獨特了些，但不至於。聽說是許仙爸媽共同的決定，她媽媽還是親自開車送她去的，實在令人難以相信。

印象中有幾年的時間，許仙在療養院進進出出，大學沒念完就跑去巴黎學畫畫，回到台北以後繼續畫，還開過幾次畫展，也賣出一些作品，在藝術界被炒到了某個位置，算是小有名氣的藝術家，不過她並不這麼認為。可能是聽到有些人說，她是靠家裡跟藝廊的關係才有今天的成績，所以她才會懷疑自己吧？她的個性就是如此。

「我沒有那樣的靈魂，只是試著做那樣的事而已，久了大家就當一回事了。」許仙客氣了，她是有才華的。

她老說我活得才像一個藝術家。我主修鋼琴，副修作曲，但我沒有她家那樣不錯的經濟狀況，大學念得很辛苦，就在她入住療養院期間我打了幾份工，同時間報名德文課，後來好不容易考上蘇黎世藝術大學的碩士班，靠著教學生彈鋼琴和申請獎學金度日。我沒什麼存款，錢總是花得剛剛好，住在租來的六坪小套房，要爬五層樓梯，廚房跟浴室得跟其他人共用。其實直到現在還是辛苦的，年齡相近的朋友不是已經結婚生小孩，就是有穩定的工作和收入，身邊每個人都變成大人，只有我還過著類似窮學生的日子。朋友倒還好，大部分都不曾講過什麼，有些結婚多年的人還很羨慕我，偶爾被雞婆的親戚唸個兩句，自以為關心，實際上只是把他們的價值觀強加在我身上，沒有符合他們的期望就無法加入他們心目中人生勝利組的行列。

「也許你沒有世俗認定的成功，但你的眼神很有光彩，我覺得你正在過自己喜歡的生活，藝術家就應該要這個樣子啊。」不知道她是被什麼電影還小說影響，她覺得藝術家就是要又窮又有個性，不能活在社會框架裡。

我住在蘇黎世的時候，許仙來找過我幾次，我帶她玩義大利和倫敦，她帶我逛巴黎。我們一起吃了一些好吃的餐廳，喝好喝的酒，下午就找家咖啡館，坐在戶外座位區抽菸、打量路人。其實沒做什麼，就是換個地方過生活。許仙總說她不想回家，她跟媽媽八字不合，從小母女倆就互看不順眼，許仙最氣的是她媽媽把她送進療養院的事，有了病歷有了紀錄，對社會來說她就是個有問題的人。許仙的爸爸很疼她，但一年裡父女見不到幾次面，爸爸忙著做生意周遊列國，給許仙一張副卡隨便她刷。許仙的爸爸有自己的家庭，是許仙出生前的事了，這麼多年來他一直小心翼翼，表面上看起來一切都很正常，其實怪透了。至少我從許仙這裡聽到的故事都很怪。她爸爸以為自己瞞得很好，其實許仙什麼都知道。

「我問過我媽，她說她不後悔做我爸的地下情人，她比較後悔把我生下來。」許仙說這話的時候剛抽完一根菸，臉上淡淡的沒什麼表情。

「妳記得廣場上那些餵鴿子的人嗎？我們在米蘭的時候。」不知怎麼我突然想到鴿子，也許我下意識想換個話題。

「嗯，我記得。鴿子怎麼了？」她接過服務生遞過來的冰淇淋，用不太標準的德語道謝。

「那些觀光客手上的飼料是旁邊幾個黑人給的，但那不是免費的，等餵完鴿子他們就會跟那些觀光客要錢。」上次許仙差點跑去餵鴿子，我想順便提醒她。

「欸魏怡海，這個冰淇淋好好吃喔。」我聽得出來她是真心讚嘆。

「妳有沒有在聽我講話啊？」我放下杯子，假裝不耐煩。

「有啦！你吃一口，快融化了。」許仙把冰淇淋拿給我。她總是沉溺在自己的世界，像這種時候，雖然我們有對話，但我都覺得那只是某種設定好的自動回覆，她腦袋裡一定有這種設定。我接過許仙手上的冰吃了起來，我想，這個咖啡館裡任誰都會覺得我們是一對戀人吧，但我們不是。

我喜歡男人，從我開始談戀愛起，男朋友都是外國人，搬到蘇黎世以後更是，靠英語和德語來溝通吵架完全沒問題。這幾年我沒有固定的關係，不過有些開心的約會，這對現在的我來說已經夠了。許仙她交過幾個男朋友，不過交往時間都不是太長，可能跟她有一陣子頻繁進出療養院有關。她開始畫畫以後有些人被她的才華吸引，後來覺得她有精神方面的問題就慢慢斷了聯絡。

那天要回我住處之前，我們在附近超市買了一些酒，在睡前邊喝邊聊天，笑得很開心，也很放鬆。許仙一下就睡著了，她睡得很沉，還打呼。天亮以後，我怎麼叫她都叫不醒，我嚇壞了，急忙打電話找人幫忙，後來，警察跟救護車都來了。那是我們最後一次見面。

回台北後，許仙又被送進了療養院。我覺得她媽根本把療養院當作關禁閉的地方，只要她認為許仙的行為有什麼不妥就把她送進去，當作一種懲罰，才不是真的為她好。

那天許仙吃了安眠藥又喝酒，但她絕對不是故意的。我們還說，等天氣沒那麼熱的時候要計畫一趟旅行，最好是到冰島看極光。她喜歡的那個牌子推出新的皮衣了，要我過兩天陪她去試穿，還特地預約了米其林一星的餐廳。許仙怎麼可能是故意的？那天她只是太開心了沒注意。Melody不信，但我知道許仙不是故意的。

我跟許仙念中學的時候就認識了，她從來不是喜歡說神佛鬼的人，也不迷信。她只是有她自己相信的事情，類似信念的東西，一直以來都是這樣，Melody一點也不了解她。

許仙曾經跟我說過，她覺得夢是另一個世界，像平行時空，所有人類的潛意識都在夢裡相連。只要找到方法，就可以去其他人的夢裡，像到別人家拜訪那樣，甚至跟朋友相約在夢裡見面。人類的意識交會在一起，就像一座巨大的游泳池，或者可能更像海洋。她相信，如果在夢裡能感受到恐懼或快樂，也對發生的情節沒有任何懷疑，那個當下的一切就能算是真實的。在那一刻，對於正在做夢的人來說，現實生活中的世界反而不存在。

「所以說，我跟做夢的人說話他們會回應，是不是能假設連接夢與真實的媒介就是聲音？」我正在整理樂譜，忙著為學期末的演奏會編曲，但還是覺得許仙開的這個話題很有趣。

「你不覺得很好玩嗎？做夢就像是到潛意識裡面探索，夢裡的情節可能也反應了一些自身的狀態和情緒。對照現實生活，這些夢多少都藏著一些訊息，那些我們未必有察覺到，但潛意識要告訴我們的事。怎麼樣？好玩吧。」許仙在我住處的露台上吃掉最後一口三明治，拿著空盤子走進屋內，步伐慵懶又隨性，貓咪一樣。

「那妳覺得昏迷的人聽得到音樂嗎？把這些曲子放出來他們能聽到嗎？」我會這麼問是因為我曾經想過這個問題，我住院時遇過其他探病的家屬帶著小型收音機，放廣播電台的節目給昏迷的人聽，醫生護士也會跟這些昏迷的人說話，我好奇他們是不是真的能聽見。

「我覺得可以，你要跟他們說話也行。我要再泡一杯咖啡，你要不要？」許仙打開廚房的小櫃子拿出咖啡粉，慢條斯理的泡起咖啡，她看起來就像在自己的家。

她是個很有想法的女孩子，也對未來有很多想像和期待，我從來都不覺得她會想死。雖然她做過一些像是傷害自己的事情，我都覺得那只是某種測試，她想證明自己感覺到的東西是正確的。她只是打從心底相信，在這裡睡著，就會從另一個地方醒來。在這個宇宙的人生結束，另一個宇宙的人生就會開始。

Melody

許仙從小學開始偶爾會夢遊，她會在家裡不同的地方醒來，有時在書房地板，有時在客廳沙發。原本我跟廣元還不至於太擔心，帶她去看了睡眠科醫生，以為這孩子長大之後情況會改善，沒想到越來越嚴重，後來夢遊不只在家裡發生，在學校也會，到了高中，她甚至出現把現實跟夢境搞混的狀況。她也曾在全家到曼谷旅遊時，在頂樓花園酒吧呢喃著如果跳下去說不定會醒來這類的話。

我時常搞不清楚她是睡著還是清醒，她的眼神永遠灰灰的，不管看著遠方，看著我，或是看著她爸爸都是這樣，好像人在這裡，又不在這裡。我想過，也許她這麼做是為了引起我們注意。許仙的課業從來不用我們擔心，但是這孩子很叛逆，經常想做什麼就做，想說什麼就說。她喜歡畫畫，也的確有這方面的天賦，我藝廊的那些朋友都對她的創作讚譽有加，許仙考大學時選了美術系，我跟廣元都沒反對。畫畫讓許仙的性格變得比較穩定，我想都沒想過，有一天她會傷害自己。

她在畫室用美工刀劃破自己的手，接到學校通知我嚇壞了，我把藝廊要完成的事項交代給同事，立刻開車到學校去。傷口看起來不小，我帶她到醫院縫了十二針，向學校請了三天假。她傷害自己的理由只是想證明這個世界是假的，或是說她想確認，疼痛能讓她感覺自己是真實存在的，我沒辦法相信她竟然把自己的手劃破。

我不知道我還要為這個孩子費多少心，從她出生那天開始世界就繞著她轉，我們什麼都給她最好的，我為她犧牲了那麼多她也不覺得感謝。從醫院回到家以後，我跟許仙兩個人坐在沙發上，我真希望能聽到她的道歉或解釋，至少在這個時候。她只是跟平時一樣頭低低的看著地板，沒有說話。她一直都是這個樣子，她知道我不高興，但是不打算回應我的情緒，也並不在意。

「為什麼要這樣？」我壓抑怒氣忍不住開口，許仙還是不說話，我就知道。

「妳為什麼要讓我這麼難堪？我覺得很心痛，妳有想過我跟妳爸的心情嗎？」看她那個樣子，我真想賞她兩耳光。

「讓妳難堪的是妳自己。」許仙說這話時仍盯著地板沒有抬頭，摳著手上包紮的紗布，面無表情。我抓起桌上的水杯，把水往她臉上潑。

我火大回房給她爸打了通長途電話，跟他說許仙在學校做的事，商量讓許仙辦理休學，到秀山療養院住一陣子，那個院長喜歡收集藝術品，是我們藝廊的客人，也許能有一些比較好的安排。我實在是沒辦法了，我能為許仙做的都做了，廣元又經常不在，以目前的情況來說，讓許仙由專門的機構來照顧是最好的。許仙恨我，因為是我送她去的，沒關係，她從來就沒有喜歡過我。她還以為這事是我一個人擅自決定，秀山療養院的住院費用，她爸二話不說馬上就匯款了，直接付了三個月。不管她怎麼想，我是為她好，我跟廣元這麼做都是為了她好。

許仙出生以後，我好像就沒有自己的人生了。有孩子大概就是這麼回事，所有時間要以孩子為主，所有規畫要以孩子為主，沒有一項決定我可以把自己擺在第一位。她小時候身體不好常生病，拍嗝拍半天，老是吐奶。一歲之前幾乎只睡白天，到了半夜精神特別好，廣元經常不在，我要自己哄她陪她玩，天亮了才能睡，進藝廊的時間越來越晚，我實在沒辦法再幫忙策展或寫稿處理事情，工作暫停了幾年。

這孩子身體嬌貴，要吃最天然的食物，喝最乾淨的水，不然就過敏全身起疹子，一直到小學三年級，許仙才吃到她人生的第一顆糖果。我小心翼翼照顧許仙的健康，後來她卻開始抽菸喝酒。大概是她高中的時候吧，也不知道跟誰學的，還瞞著我和廣元偷偷跑去刺青，我覺得學校社團裡的那些學長姐都不是什麼好孩子，打從許仙參加社團活動開始就變得行為不檢。

許仙還小的時候，每次放暑假都會到外婆家住一小段時間，我跟廣元會趁這時候安排只有我們兩個人的旅行。她以前很黏我，也黏她外婆，長大以後話就變少了，有時我很懷念她跟進跟出的小小身影。外婆家有一隻小白狗叫旺財，從菜市場撿回來的，整天跟在許仙屁股後面跑。許仙喜歡帶旺財出去散步，一天裡出去好幾趟，有時一人一狗玩到全身髒兮兮的回來，被大人唸了還在笑，旺財也吐著舌頭搖著尾巴，比許仙還開心的樣子。

旺財是從陽台掉下去死的，老了，生病了，後來肚子變得好大，不知道是不是太痛苦了自己跳下去。我們把旺財的骨灰灑在後院的海棠樹下，找了一顆形狀和顏色特殊的石頭當作紀念碑，他的項圈也在那裡。許仙憂鬱了幾星期，不出門也不怎麼吃飯，她不跟我們說話，等她再開口，是有一天放學跑到藝廊找我，說她夢到旺財了，夢裡天氣很好，還有一大片草原，旺財很開心。就是從那時後開始的，許仙開始講一些聽起來像精神有問題的話，什麼夢境就是意識，靈魂也是意識，夢境是所有意識交會的地方。原本她只是夢遊，現在她認為夢是另一個世界。

「旺財說他去外婆的夢裡看過她，只是外婆不記得。」許仙講話的神情很篤定，像要得到我的認可。

「旺財在夢裡跟妳說的嗎？他怎麼說？」我邊問邊把許仙拉到比較沒人的角落，不希望這些鬼話讓藝廊裡其他人聽到。

「對，他跟我說的。他不是真的說話，但我知道他是那個意思。」許仙好像有點生氣，這孩子很敏感，她應該能感覺到我不相信她。

「好了，以後不要再講妳夢到的東西聽到沒有，我以後不要再聽到妳講這些，妳爸會不高興的。」我勉強給她一個笑容，但我想許仙應該能感覺到這個笑容並非發自內心，也許她不明白我為什麼要在這個時候對她笑，我笑只是因為同事剛好經過。

從那天起，許仙越來越少跟我說話，後來我們不怎麼聊天，她也不太分享她的心情，和她在學校發生的事。她不懂，我不准她談論這些，是怕其他人發現她跟一般孩子不一樣，尤其在學校，這種年紀的孩子一點都不懂尊重，最容易排擠跟欺負人。後來我帶許仙去看睡眠科醫生，也不准她跟醫生聊起這些，什麼夢境什麼意識，人家一定會覺得她腦子有問題，我怎麼可能讓別人覺得許仙是神經病？當然我沒有讓廣元知道許仙講過這樣的話，夢遊的情況已經夠讓他擔心了。

旺財走的那一年，許仙十二歲。

奇幻地　春

春天來了，這次的春天很短，沒多久就進入了梅雨季，綿密的大雨下個不停，像做工精緻的刺繡織毯，雨滴的排列精密又整齊，雨滴和雨滴之間的距離彷彿相差不到一毫米，工整得令人讚嘆。少年將咖啡豆磨碎，直至變成粉末，舀起一大湯匙倒進濾杯，等待爐子上的水燒開後，將熱水注入咖啡粉末裡，從中心點往外，規律緩慢的畫圓，濕潤的咖啡粉末上層冒著細緻的泡泡，滿溢的咖啡香，讓少年逐漸恢復精神。他把大門打開，屋內立刻充滿雨的氣味，新鮮泥土與青草的香氣，和咖啡香混合在一起，是輕鬆愉悅的午後氣息。

昨天發生的雷暴讓少年措手不及，接二連三的閃電和雷聲，羊群受到驚嚇在帳篷裡亂成一團，他費了好大一番工夫安撫。距離帳篷不遠處的岩石被雷擊中，一整個下午他都在清理屋外散落的石塊，把這些碎裂的石塊全都搬運到山丘的另一頭，羊群比較不會過去的地方。今天少年只想待在屋內，喝點咖啡，釀一點葡萄酒，再過幾天梅雨季就會結束，到時候把羊群趕到遠一點的地方曬太陽，希望那裡有鮮嫩的草葉和新鮮的果實，等羊群吃飽，自己也能順便帶一些回家，目前他只想悠閒的度過這個下午。

正當少年準備把裝滿葡萄的新酒，放到角落層架最下方的空間時，忽然傳來的敲門聲讓他嚇了一大跳，手上的玻璃罐差點撞到層架，他趕緊將裝滿酒的玻璃罐放好，貼上封條後去應門。

「請問有什麼事嗎？」少年將門打開，門口站著一位瘦弱的老人，穿著深棕色大衣，白色的頭髮和鬍鬚。大衣因為太舊，在袖子和腰部附近都起了一些小小的毛球。

「你不應該在這裡。」老人看著少年，露出疑惑的表情，然後拿起手上的菸斗抽了幾口。

「你可能找錯人了，這裡是我家，我就住在這。」少年沒看過眼前的老人，住在這裡的時候沒有，不知道是從哪裡冒出來的，竟然說他不該在這，一定是認錯人了。

「你不應該在這裡。」老人又重複了一遍，沒有理會少年，轉身往摩耳甫斯家的方向離開，步伐很輕盈，從背影看不出來是一位年紀這麼大的長者。

才剛經過一個特別長的冬天，又迎來了短暫的春天和梅雨季，綿密的大雨，雷暴，不尋常的閃電，現在還有跑來敲門的神祕長者，讓少年不免憂心起來。這些天氣現象和突然出現的陌生人並不常見，正確來說，這些事以前從未發生過。要說是多久以前，少年也想不起來，應該就是從在這裡生活開始，在這之前更久以前的事，自己一點印象也沒有。少年將屋子打掃乾淨，烤了玉米抹上奶油當晚餐，爐火劈啪作響，鍋裡正燉著蕃茄湯，裊裊炊煙，驅走了屋子裡的濕氣。天色逐漸暗了下來，他將煤油燈點燃。

郵差送信過來的時候雨還沒停，少年穿著雨衣出去拿信，郵差充滿朝氣大聲的對少年打招呼，既沒撐傘也沒穿雨衣，站在那樣的大雨之中，既乾燥又清爽，全身上下沒有一處被雨淋濕。那些雨落下的時候像穿過他，又像避開他，少年懷疑自己眼花，瞇起眼睛伸長脖子想看個清楚，正打算上前，郵差露出一個爽朗的笑容後就走了。少年回房讀著信件，忍不住思考剛剛那是怎麼發生的，那些雨讓他覺得渾身不對勁，太奇怪了。詭異的感覺揮之不去，心煩意亂，實在沒辦法好好計算羊群數目，少年拿出記事本，將信的內容抄寫下來。算一算，今晚數羊的人不多，應該很快就可以完成工作，太陽快下山了，現在出發正好。

太陽快下山了。少年在心裡默唸一遍。太，陽，快，下，山，了。

對，奇怪的不只是雨，還有郵差過來的時間。郵差從來沒有在這個時間出現過，打從接下這份工作以來，郵差都只在早上出現，那時距離太陽升到天空正中央，大概還有六十四首歌，不會是在這個時候。來不及搞清楚發生什麼事，現在少年必須準備將羊群趕到他們該去的地方，確保他們在適當的時機進入人們的夢境。

沒有時間加以著墨，少年簡單收拾手邊的東西，抓了一把堅果放在口袋，將水壺裝滿水後繫在腰上，穿起雨衣，走入天色昏暗的大雨之中。

許仙

我錯過了嗎？最近我很常問自己這個問題。生活裡能錯過的事情太多，錯過早課，錯過電影開場，錯過優惠時段，錯過原本要搭的那班車。而我感覺自己一直在和一些重要的東西擦身而過，每一次，我都沒有認出那就是一種暗示，自顧自陷在惆悵裡，繼續騙別人，繼續騙自己。人生有很多重要的時刻，我在當下並不自知，都是過了很久以後才發現，那些稀鬆平常的小事有多麼珍貴，只是見面一起吃個飯都是奢侈。

和L分開的這段時間，我感覺自己錯過了很多東西，我的時間從我們分開的那一天就停了，沒有再前進過，就好像我們短暫擁有過的那個小套房牆上的鐘，永遠停在那天下午兩點五十九分，但我們沒有走進永遠。風景都變成新的了，我還站在舊的地方，所有的東西都是鮮活的，只有我軟弱又蒼白，在已經過期的舊日時光裡逐漸枯萎凋零。

我感覺自己像遊魂一樣在人間迷路了好久，到底有多久我也忘了，因為真的好久。這場道別花的時間比我想像中更長，過程也比想像中更艱辛，沒有人知道我的內心有多破碎。直到訊息裡的那則公告突然出現，我才知道，我感覺到的那個心裡的鐘，從來都沒有因為我的努力而前進過一點點。

那則公告在我跟L的對話框上方，我拚命回想，怎麼都想不起來這則公告是什麼時候在那裡的，甚至連這個公告到底是他還是我設立的，我都沒把握。是他喝醉了嗎？還是我喝醉了？會不會一直都在只是我忘了？我們很久沒聯絡，曾經有幾次我點進我們的對話框，希望他其實有傳訊息來但是又收回了，L是個喜歡收回訊息的人，但什麼都沒有，他真的不再跟我聯絡了。而在沒有聯絡的這段時間裡，只有一次，因為遇見共同朋友我們傳訊息寒暄了幾句，那也已是將近半年前的事，當時我並沒有這則公告的印象。我點進公告，找不到此公告的訊息，沒有誰設立公告的顯示。

我為此哭到眼睛發痛，覺得自己很沒用，想到那則公告也可能是舊訊息，只是我自己忘了，我就哭得更厲害。真的放下跟假裝沒事是完全不一樣的，如果一直在假裝，只要一個會牽動情感的小地方出現，情緒就會像瀑布那樣傾瀉而下。我總是假裝自己已經放下，假裝自己很好，比平常花更多力氣，讓自己看起來不需要被過度關心，有時候還要面帶微笑，看起來像大家所謂正常人的樣子，好累。我總是覺得累。

這則公告會不會其實已經在那邊很久了，是我做太多夢，分不清是夢還是真實，導致記憶力越來越混亂，想不起來的事情越來越多。也許那則公告，在我們還愛著彼此的時候就有了。

「但還是想妳 想到睡不著」

我盯著憑空出現的公告，這一刻我才知道，我自以為是的那些努力看起來有多可笑。我從來都沒有好起來過，我只是不想承認自己輸得那麼慘，我不想承認，我不曾這樣愛過其他人。

L

許仙是個很奇妙的人，女孩和女人的綜合體，該成熟的年紀身上卻帶著稚氣，她說她不想長大，所以一直當自己是個孩子，她臉上的表情很少，給人感覺潔白純淨。我第一次碰到這樣的人，她只是做她自己，沒有刻意，也沒有隱藏，她所有的一切，剛好都是我喜歡的樣子。她感興趣的事物，她穿的衣服，她發脾氣的樣子，她走路的姿態，她看完一部電影的感受，她吃東西的習慣，她每次回應我的話，我都很欣賞。

她很會畫畫，應該說她很有天賦，有自己獨特的用色和筆觸。問她畫什麼，她說大多是催眠時看到的東西，或是她的夢，有時候是滿天星光，有時候是發著光的神獸。我們聽音樂的品味很接近，基本上什麼都聽，最喜歡慵懶迷幻的電子音樂。我們見面的時候總在屋子裡播放音樂，互訴情話，然後擁抱，親吻，在客廳或浴室裡歡愛。我喜歡從後面進入許仙，在充滿水氣的淋浴間裡，我看不清楚她的表情，但是從她身體的顫抖我能感覺到她也很喜歡，並且很享受。

我跟許仙非常迷戀對方的身體，在遇見她之前，我沒想過自己會有這樣的感受。我能感覺我們的身體互相吸引，那樣強烈需要對方的感覺，在以往的戀愛經驗裡面，就算是熱戀期也不曾有過。在能見面的日子裡我們總是交纏在一起，一次，兩次，三次，我們兩個人都累了才會休息，躺在床上聊天，赤裸著身體吃東西，沒有道德，沒有規範，近乎某種原始的本能或狀態，無拘無束。像另一個時空，不存在世界上任何地方，遺世而獨立。

當微亮的天光照映出許仙剛睡醒的模樣，當我抱著她，輕撫她手臂上的刺青，親吻她的臉頰，這些時刻明明這麼親密，我卻始終無法覺得我們屬於彼此。其實我們所能擁有的也只有這個房間而已。儘管如此，我還是很珍惜在一起的日子，我渴望見到她，在她身邊的時候，我感覺我成為了理想中的自己。我曾以為我們有機會能好好的走在一起，簡簡單單，美麗而不帶憂傷，我以為我可以，實際上，會為人生帶來重大轉變的決定，執行起來超乎想像困難。我也在這樣的時刻認知到，我原來是個軟弱又自私的人，在此之前我渾然不知。跟許仙在一起時那種理想中的自己只是誤會，那種理想中的自己是見不得光的，誰都不想傷害，最後誰都傷害了。

說分手那天，跟平時一樣約在我們合租的套房裡碰面，這裡沒有太多我們兩個人的東西。最低限度的生活用品，乾淨整潔的床鋪，一組音響，一個掛鐘。有點像是樣品屋，沒那麼有溫度，也許是我們下意識避免這裡看起來像一個家，那或許會更讓人感傷。許仙大概早有預感，她內心敏感纖細，又有與生俱來的直覺，她一定知道我是來說再見的。進門時我看到她眼睛紅紅的，好像剛哭過，我關上門，一句話沒說，走上前把她抱得好緊，呼吸她皮膚和頭髮散發出來的味道，我緊緊抱著她想把這些都記住。

「妳要好好的，未來一切都好。」我想不到更好的話，也許真的不會再見面了，我看許仙最後一眼，眼淚幾乎要掉下來。

「嗯，你也是，要好好的。」許仙哽咽，眼淚流個不停，她看著我的眼睛，好像要把我看穿。我把眼淚擦掉親了親她的額頭，我想我們就是這樣了。

我能感覺她的捨不得，我知道她也很努力去接受，我們的關係演變成這樣的局面。雖然提出不要再見面的是我，但要不去想許仙，是我做過最困難的決定。我花了非常大的力氣讓自己平靜下來，做了很多努力讓自己回到原本的生活裡。回到沒有許仙的生活，我也很痛苦，我也不想的。

我跟許仙分開已經好一陣子了，有時還是會想起她，只要經過我們從前一起去的地方，或聽到一起聽過的歌，都會讓我一下子陷入回憶。還好，這段時間工作非常忙碌，讓我沒有心思去多想，也沒有多餘的時間可以難過，偶爾在睡前突然回憶起什麼，也很快就入睡，隔天醒來又立刻投入工作。在工作與家庭瑣事的包夾下，時間就這麼過了，那份原本該碎的心被擱置在某個角落忘了碎，現在再想起來也早已麻痺無感，好像那份傷心是別人寄放在我這裡的，與我無關。

奇幻地　交換

大雪下了三天，積雪已經高過窗沿，壁爐裡燃燒著枯枝劈啪作響，那是最後一批枯枝，可屋子裡還是很冷。少年有點擔心羊群，前些天他把倉庫裡找到的所有帆布，全都拿去當作羊群的帳篷，一層一層的纏上去，用麻繩綁緊，在風雪中一個人獨自完成這些事累壞了，現在全身痠痛，沒什麼食慾。少年勉強從床上坐起來，因為太冷一直裹著毯子，給自己沖一杯加了威士忌的熱巧克力後，馬上又回到被窩裡，看著被積雪擋住而剩下的那一小片窗景，邊啜飲杯子裡的熱巧克力。外頭是白茫茫的雪無限向外延伸，直到遙遠的那座山，然後接連著那片天，荒涼堆疊著荒涼，那麼潔白無瑕，什麼都看不清，美得令人心生畏懼。

少年走出屋外察看羊群，他們看起來不錯，緊緊依偎互相取暖，帆布帳篷隔絕了冷風，食物充足，待在這裡他們很安全。這個冬天的時間過得特別慢，比印象中的任何一個冬天都還要長，用來生火取暖的枯枝已經不夠了，必須再到摩耳甫斯那裡一趟。在這樣的天氣出行會更消耗體力，不適合短時間內多次往返，謹慎起見，少年確認過屋內所有需要補給的物品，逐一條列寫在記事本上。儲藏室的綿羊油只剩下一罐，除此之外沒有其他值得作為交換的物品，可以換到的補給品可能不多，他決定碰碰運氣，先去了再說，也許身上會有什麼摩耳甫斯感興趣的東西，可以讓他拿去。

風雪讓這趟外出不如往常愉悅，儘管穿了最厚的羊毛大衣，戴著羊絨遮耳帽和手套，還是能感受那股寒冷透進骨子裡。為了把注意力從寒冷移開，只能專注在火柴上。少年隨著步伐的節奏劃開火柴，等火柴燃燒完冒出一縷白煙，便接著劃開下一根火柴，就這麼不停反覆前進著，身體逐漸熱了起來。

摩耳甫斯的房子周圍依然開滿了罌粟花，在這麼冷的時節裡，那些花看起來甚至比春天的時候還要盛放，顏色飽滿鮮豔，直挺挺的紅，在一片蒼白的雪國裡格外引人注目，那美散發著一種詭異，那美是不祥的。

最後一根火柴熄滅，冒出最後一縷白煙，少年敲了敲門，摩耳甫斯好像早就知道了一樣，門一下子就開了。

「我需要換一些枯枝、鹽巴、麵粉，還有馬鈴薯和醃肉。我只剩下一罐綿羊油，這個冬天我恐怕沒有其他東西能給你了。」少年和摩耳甫斯說，邊拍掉身上的雪花，屋內很暖和，簡直像南方的天氣，吹著熱帶島嶼的風。

「你必須留下一樣東西在這裡，等春天的時候，或者你有其他東西的時候，再過來交換。在那之前我會替你保管。」摩耳甫斯輕輕搖晃他的酒杯，站在壁爐前，火焰的影子看起來就像在他身上跳舞。

「也許，我不知道，你會剛好需要一頂羊絨遮耳帽？」少年脫下羊絨遮耳帽，從大衣內側口袋拿出一頂毛呢帽戴上，將羊絨遮耳帽遞給摩耳甫斯。

「我指的是，來自於你的東西，屬於你的東西。」摩耳甫斯放下酒杯看著少年。

「這頂羊絨遮耳帽就是屬於我的東西。」少年感到困惑，將帽子握在手中。

「那樣東西必須是你本來就擁有，不是這些物質上的。那才是真正屬於你的東西。」

「我不知道我擁有什麼。我不是一個勇敢的人，沒什麼耐心，也沒什麼特別擅長的事，唯一會做的就是日復一日牧羊的工作，而我也滿足於此，沒有更遠大的目標。我是個非常普通的人，普通到那麼不起眼，普通到，如果我從這個世界上消失了，應該也沒有任何人會為我掉眼淚。」

「是嗎？在我看來你擁有的東西很多，只是你沒發現。」摩耳甫斯柔軟的目光中帶著一絲邪氣，他彷彿已經看到少年所擁有的東西，既欣賞又想佔為己有。

「如果，我身上真的有什麼是值得留下的，我很樂意。」少年想聽聽看摩耳甫斯想從他這裡得到什麼。

「好，那麼把你身上流動的時間留在我這裡，等天氣好轉時再過來拿。」摩耳甫斯露出滿意的微笑。

少年離開摩耳甫斯的家，約定好春天來臨時再帶其他東西來交換。如果屬於自己的時間不再流動，永遠停在這裡應該也沒關係吧，少年心想。正如他說的，自己只是個不起眼的普通人，就算從世上消失也沒有人會為他掉眼淚。此刻少年只想返回他的小屋，跟他的羊群在一起。少年整裝好準備再次進入風雪，他邁開步伐，劃開第一根火柴。

許仙

L留給我一支錶，有一陣子我每天帶在身上，去哪都戴著。那是一支很老舊的名牌錶，我們在歐洲的古董市集買的，確切是哪裡我早已沒有印象，我甚至沒辦法確定這支錶是真是假，但我很喜歡，一眼就看中它。我不曾拿去做鑑定，那對我來說不重要，重要的是這是L少數留下的東西。我們分開以後，我才發現他留下的東西簡直少得可憐，少到我懷疑我們曾那麼相愛只是我的幻想。

一頂棒球帽，一個兔子玩偶，一塊手工肥皂，一些精油和香水的試用品，幾包感冒藥，還有這支錶。看著這些東西我有種惆悵的情緒湧現，愛情的結束跟死亡其實有點類似，都留下了一點關於這個人的東西和回憶。我將屬於我和L的愛情遺物收好，放在平時看不到的地方。我最喜歡的那件外套他帶走了，我總喜歡穿他的外套，有時候他會不高興，因為我的味道會留在外套上。

曾經愛得死去活來，最後只剩下幾件物品，彼此連陌生人都算不上。如果我們從沒開始，現在也許會是無話不說的朋友。愛拯救了我們，不過愛還是毀滅了一些東西。

我喜歡跟他一起抽菸，同一個牌子，有點濃，不過無所謂。L不喜歡我抽菸，他會管我。我喜歡他管我，那讓我覺得我屬於他。我第一次放天燈是他帶我去的，當時一起在老街買的紀念品現在已經找不到了。我們出門的時候他不會開平常開的車，他有一台打檔摩托車，他就騎著那部摩托車載我到處跑。

我們分開以後，有很長一段時間我非常難受，幾乎喪失了所有身為人類會有的慾望和情緒。我畫不出東西，連煮飯都變得難吃，對生活不再有任何期待和熱情，沒有想去的地方，也沒有想做的事，不是睡太多就是無法入睡。我像有戒斷症狀的病人那樣，異常渴望再見到L，儘管我知道就算見了面也不可能回到從前。我從不曾如此渴望見到一個人，那股渴望從我體內竄出，讓我發了瘋著了魔，是那股渴望讓我逐漸變成一個病人。

有時一整天我什麼都沒做，只是在陽台發呆，在天氣晴朗或是下著小雨的日子，就坐在那，點根菸，沒抽幾口，然後在腦袋裡重新複習一遍，我們是怎麼走到這裡的。我想起坐在打檔摩托車後座的自己，閉起眼睛把他抱得好緊，那一刻兩個人自成一個宇宙，沒有從前，沒有以後，不在任何規範裡，不屬於地球。想改變的雖然沒辦法改變，但是好快樂。這個部分我總是會想得久一點，我想念這個部分裡感受到的自由。

現在想起來，那自由的感覺或許只是一種假象，我們藉此逃避那些無能為力的事情，在心裡許願這一切能變成真的，所以那自由裡便有了希望，我們迷戀充滿希望的自由，我們迷戀對方。然而我所相信的都只是夢幻泡影，不論是光明的未來，或者所謂的愛。我們與其他所有心碎背叛的故事沒有不同，只是當時的我並沒有察覺。

跟L分手沒多久，我跑到蘇黎世找魏怡海，想暫時逃離台北的一切。大部分的時間他忙自己的事情，整個白天我幾乎是獨自一人，到了傍晚我們才一起吃飯，我們很少去餐廳，更常到超市買酒買菜，然後回他住處的小廚房做飯。他去上課的時候我就自己找事情做，找地方喝咖啡，去一些觀光景點拍照，到電影院看電影，不完全聽懂也沒關係，或是帶本書到湖邊坐一下午，去圖書館和市場，沒有計畫，很隨性的。我跟L來過蘇黎世，我們曾有過一趟旅行，一起到過歐洲幾個地方，蘇黎世就是其中之一。剛分手就再訪一起走過的城市可能不是好主意，就算我沒什麼其他想法，這趟旅程多少有點舊地重遊的意味。

獨處的時候我問了自己很多問題，各式各樣的問題，然後再拚命思考看能不能整理出答案，直到我想累了，想煩了為止。我一直想釐清自己是怎麼走到這一步的，我怎麼會讓自己陷入這樣的處境。我感覺自己深陷一股黑色的漩渦，必須持續與它抗衡，一旦鬆懈，即便只有一眨眼的瞬間，都會立刻被吸入那個黑洞裡萬劫不復。

我曾經相信一切都是最好的安排這類的雞湯鬼話，什麼命運會讓我們遇見都是有原因的，生命中發生的一切都註定好了諸如此類。什麼叫命運，愛而不得就是一種命運，成為自己討厭的那種人大概也是。

夢境　蟲洞

湖邊的建築物破舊不堪，看起來搖搖欲墜，像鬼屋一樣。斑駁腐朽的木頭，被白蟻蛀得厲害，門廊上，搖椅偶爾被風吹動的聲音，像極了鬼魂即將出現的某種預告。在起濃霧的日子裡，整棟房子散發著強烈的不祥氣息。

建築物裡很寬敞，有著跟建築物外觀不成比例的空間，這裡面就像另一個異色的宇宙，是甜蜜的粉色和紫色，有牛奶和蜂蜜，種滿了玫瑰，陽光灑在草皮上，蝴蝶成群的飛，每一隻鳥都在唱歌。

我們牽手走入偌大的迷宮探險，原以為只要牽著手就不會走散，眼前奇光異彩的景象太迷人，我看得專注，想把每一幀畫面都牢牢記下，捨不得錯過，再回頭已不見你的蹤影。

我以為離開那棟房子以後我就會醒過來，結果沒有，我沒有醒。原來有些夢是不會醒的。

這裡時間的流動很慢，慢到我忘了自己為什麼在這裡。我走了很遠很遠的路，遠到已經無法沿著原路回去了。我究竟是從哪裡走到這的？又是怎麼來的呢？我困在這裡多久了？我想不起來。

我甚至不知道自己為什麼在這裡，是睡著還是清醒。我把自己搞丟了，成為現實裡的失蹤人口，迷失在這場永遠不會醒來的夢境中，只能在無數人類的意識海洋裡漂流。真可惜，我淹不死我自己。

我突然想起那個炙熱的午後，我們躺在湖邊的草地上，一瓶酒，一本書，皮膚被曬得紅紅的。我記得你臉頰上那些細細的雀斑，記得你鼻頭上沁著的微小汗珠。

我還記得那天下午，沒有從前沒有以後，只有我跟你。黃昏的太陽，就這樣輕輕的沉到時間的縫隙裡面，所有的回憶都變得好輕脆，一捏就碎。

想像與現實無法並存，夢境與意識卻能相通。有那麼一下子，我以為我就要追上你了，但那只是一種錯覺。我總是在夢裡追著昨天跑，無論我怎麼跑，都只能跑向明天。

而你在昨天，那是屬於過去的夢境，我永遠不可能追上你，我早該知道。

沒有出口的回憶，錯置的情感，全都會成為某個正在沉睡的人的遙遠過去。畢竟是與自己毫無關係的陌生回憶，很快就會被人們所淡忘。直到再也沒有一個人記得，我就會一點一點逐漸消失，變得比幽靈還要透明。

除非我們同時間意識到自己正在做夢，並同意結束這個夢境，願意一起永遠留在這裡，或是醒來。否則說到底，這只是一個，用好久好久以前作為開場的睡前故事，真愛與孤魂野鬼都沒人見過的鄉野傳說。

湖面泛起的漣漪慢慢向外擴散，越來越遠，越來越淺，直到淺得看不見，最後又靜止了。像一座沉睡已久的湖，有什麼在底下封印了千萬年。

我愛的人已成為草木，我愛的人已化作塵土。願曾經所愛，都得以安息。

許廣元

我跟Melody是在朋友的藝廊認識的。那時候小兒子剛出生，太太罹患產後憂鬱症，情緒比較不穩定，那陣子我們總是吵，不管是什麼，一點小事就可以吵起來，我索性多請了一位保姆來家裡幫忙，跟太太一起照顧孩子。平時因為工作，我必須在世界各地不同的城市到處跑，最好的那幾年，可能待在機場的時間比待在家裡還多，那陣子難得回台北，我卻只想找機會出去透透氣。跟太太結婚的這些年裡，心裡某部分總是空空的，我沒注意是從什麼時候開始的，我記得以前並不會這樣，我們曾有過美好時光，也曾享受有對方陪伴的日子。

我跟太太是大學同學，談了四年戀愛，畢業沒多久就結婚了，她個性有點迷糊很依賴我，我也喜歡照顧她。她是骨相很美的那種女人，氣質好，學業成績優秀，很擅長烘焙和料理，當時的同學都說我能娶到她是福氣。太太給我很大的空間，我做任何事她都無條件支持，幾乎不吃醋，也從不查勤，她管理一家美容會館，也把自己保養得很好，跟這樣的女人結婚實在沒什麼好挑剔的。

我們喜歡旅行，一起去過的地方不少，後來我的事業上軌道越來越忙，漸漸的沒了時間也沒了興致，不過生活倒是過得安穩無慮。雖然這麼說感覺有點不知足，平淡穩定的生活沒有不好，只是有點無聊，後來跟太太的話題不是孩子，就是一些生活瑣事，我感覺自己像座沒有漣漪的湖，顯得毫無生氣。

有一年受朋友之邀看了蘇富比拍賣預展，在拍賣時入手了幾樣藝術品，從那時便開始了我的收藏嗜好。我念書的時候喜歡畫畫，從小學一路畫到高中，報考大學時選了父母期望的科系，學習如何當一個商人，沒再拿起畫筆。接觸這個圈子，欣賞買回來的那些字畫陶器古董，心裡熄滅的那個什麼，好像又燃起了一點火光，那是類似熱情的東西，裡面還有點好奇心，對什麼都躍躍欲試。

周遠是幾個朋友裡對藝術品最感興趣的，陶器、瓷器、字畫、油畫，他都小有研究。那天他邀我們到朋友的藝廊看大師的水墨畫，興致高昂，開了珍藏的威士忌邀大家喝一杯。周遠笑咪咪的把 Melody 介紹給大家，那時候 Melody 剛結束一段婚姻，她沒有孩子，打扮得時髦漂亮，又得體端莊。她幫大家斟酒，跟我們幾位男士喝了起來。大夥兒聊得開心，約好改日在她的藝廊碰面，下個月有另一位老師的字畫要到了，一定要去看。

Melody皮膚白皙，體態有些豐腴，簡單在腦後束了一個髮髻，穿著合身的素色洋裝，我們坐得很近，近到我聞得到她身上散發的淡淡玫瑰香氣。她知道我有家庭，但是她待我就像成年單身男子，沒有分寸，百無禁忌。原本一群人的藝術鑑賞之約，幾回以後，剩下我跟Melody兩個人，一星期碰一次，到一星期三次，再後來，藝廊打烊關門之後我們還在。用藝廊的音響播放爵士樂，喝有年份的純威士忌，耳鬢廝磨，小聲的跟對方傾訴愛意，然後親吻，做愛。我們陷入熱戀。

我開始帶著她參加一些聚會，我們造訪不同國家不同城市，白天參觀博物館、美術館，晚上飲酒作樂。她開朗，體貼，會照顧人，機票、飯店、餐廳、車子，所有行程她都一手安排。她從不吵鬧，待人處事圓融，出席各種場合表現落落大方，跟我太太是截然不同的女人，她聰明又有趣，她讓我感覺自己真切的活著。我沒打算離婚，也沒打算離開 Melody，我沒有所謂的罪惡感或愧疚感，我自己也很意外。總之，我的人生因為處於這樣的狀態而達到某種平衡，這樣完美的狀態持續了好幾年，直到 Melody 跟我說她懷孕了。

我一直都很小心，因為我清楚 Melody 一旦懷孕，就會破壞目前的平衡狀態，我與太太的相處並沒有問題，心裡對她充滿了感謝，那感謝是更接近家人與家人之間的，我並不需要另一個家庭。要對 Melody 說出「請拿掉這個孩子」有點難以啟齒，這些年她除了我之外，並沒有一個真正意義上的對象。她不乏追求者，有意無意示好的人不少，認真追求的也有，但我從沒聽她說過有任何新感情。當然她大可不必告訴我，只是以我們的互動來推斷，這樣的可能性很低，Melody 總是以我為主，我需要她的時候她都在，我想見面時就能見面，隨時打電話給她也沒問題，實在看不出有其他感情發展的跡象。

我約Melody碰面是在她告訴我懷孕的隔天，忙完工作之後我開車到她的藝廊附近等她，我停在距離藝廊兩條街的巷口，遠遠就看到她神色不安的走來。那時是冬天，她穿著深色大衣，裡面是同色系的連身洋裝，背著我送她的名牌皮包，因為雜物太多又另外背了一個中型帆布袋，用來裝筆記型電腦和各種資料。她看起來年輕又幹練，我無法把眼前的她與孕婦聯想在一起。她上車後我立刻將車子開走，往河堤邊駛去，我們誰都沒有開口說話，直到車子在河堤一處沒什麼人的地方停下來。

「你怎麼想的？」Melody問之前深吸了一口氣，然後慢慢把氣吐掉，開口就直接問重點，聲音平穩而堅定。

「我沒想過會這樣，不應該是這樣的，這不在計畫內。妳懂我意思嗎？」我從來沒有要讓事情走到這一步的想法，以後也不會，我是這樣想的。

Melody沒有說話，我們陷入沉默，過了許久她說她知道了，要我送她回家，我想她明白我的意思。我發動車子，往她家的方向移動，依舊沒有人說話。沒有音樂，沒有廣播，只有規律的引擎聲，車內又回到她剛上車時的那股安靜。她到家之後一如往常跟我說謝謝，然後就轉身上樓了。那天以後我們沒有再見面，聯絡也少了，不過偶爾通上訊息或說上電話，Melody的語氣和態度跟平時沒什麼不同，但因為這件事，我們之間就是有什麼變了，也許我們會就像這樣越來越淡，慢慢分開，然後退回朋友的位置。

幾個月後的一個早晨，我正在浴室洗漱準備出門，收到一則Melody傳來的訊息，上面只有地址、房號，跟一組數字。那地址是一間有名的私人婦產科診所，還有附設月子中心，房號應該是月子中心的，那數字，我想是嬰兒出生時的體重。我的孩子，我跟Melody的孩子。我心跳得很快，突然之間覺得口乾舌燥，我嚥了嚥口水，擰開水龍頭不斷用水潑自己的臉，那時是秋天，水卻很冰，我感覺快喘不過氣。Melody知道我不要孩子還是決定生下來，她甚至沒讓我知道，也沒讓我參與她的孕期，偶爾跟我講電話時聲音聽起來很開朗，我完全沒想到事情會這樣發展。

我大概冷靜了一個星期才跟Melody聯絡，跟她說我要去探望她，去看看孩子。我第一眼見到這個嬰兒就知道我會愛她，許仙五官細緻，神韻跟我像極了。她好奇的四處張望，細細軟軟的頭髮，圓潤小巧的臉蛋，精緻的小手小腳緊握，又鬆開，時常皺一下眉，然後又笑了，那模樣我永遠記得。那個月我只要有空，就到月子中心探望Melody她們母女倆，我訂購了很多奶粉、尿布，還有各種可愛的、小小的衣服。許仙這孩子很得人疼，她經常笑，也不太哭鬧，我喜歡哄她睡覺，只要抱著晃一晃、拍一拍她就睡著。醫院裡面的護士說，許仙睡得很好，比其他的孩子都還喜歡睡覺。

我一直很渴望有個女兒，當我知道Melody生下許仙的時候，內心感受非常複雜，我無法準確的形容，那感受除了喜悅與震驚，還有不知道從哪裡發出來的一股憤怒，我突然覺得，也許我從來沒有搞懂Melody是個什麼樣的女人。我不知道她這麼做的用意，是希望我跟我太太分開，還是單純想把這個孩子生下來，如果是後者，怎麼會這麼長的時間好像沒事一樣，等到孩子出生才跟我聯絡。總之她不吵不鬧，讓我完全沒有機會阻止，又或許，這孩子來到世上是命中註定。我曾有過各種猜想，不過這些猜想都在我見到許仙之後，慢慢變淡消失不見。

Melody的表現一如往常，好像我們這十個月來都不曾分開，隔了這麼久再次見面，她只是問我看過許仙沒有，說月子餐不好吃很想念以前常去的川菜館。我默默觀察，確認她沒有奇怪的情緒跟想法以後，才稍微感到放心，我不知道她要什麼，但我至少能確保她們母女倆不用煩惱生活瑣事，讓許仙好好長大。這孩子遺傳了我的基因，笑起來像我，而且她的畫好極了，遠遠超過她這個年紀該有的水平，我幫她安排了相關的課程，打算好好栽培她，讓她將來能在藝術界擁有一席之地。

我在工作和家庭的空檔，盡可能抽出時間陪伴許仙、陪伴Melody，我們有過幾次全家人的旅行，也曾只有我跟Melody

兩個人的時候，要有這樣的相處很不容易，我得費一番心思安排，才不會被我太太發現。

一直到許仙念中學，我們逐漸沒有這樣的出遊，主要是因為這孩子的夢遊症狀越來越頻繁，到她念高中的時候情況越發嚴重，不僅有嗜睡的傾向，還老是做一些怪夢，記憶也有點混亂，對現實的認同感變少了，她覺得夢有夢的世界。我不確定把許仙送到療養院是不是好事，但她傷害自己，我想這已經不是我跟 Melody 能夠負荷的了，我沒辦法一直待在許仙身邊，我怕她出什麼事，我沒有把握。這孩子以後是要成大器的人，我都已經規劃好要送她去巴黎遊學一陣子，去看展覽，去學畫畫，回來就是待過巴黎的年輕畫家，她本身是有天賦的，到時候再請 Melody 認識的藝評人、策展人美言幾句，她的作品一定會受到大家矚目，多好的起步。

許仙滿十八歲生日那天，我訂了她喜歡的餐廳，無菜單日本料理，我特地準備了很難買到的純米大吟釀，想幫她好好慶祝。

「那我今天晚上就不吃藥了喔。」許仙拿著小小的酒杯，笑得很甜美，有種剛睡醒的朦朧，將眼前的酒一飲而下。

「吃藥？妳吃什麼藥？」我愣了一下，拿筷子的手停住動作，看看許仙再看看 Melody，想知道怎麼回事。

「睡眠科醫生開的藥。我沒告訴你許仙療程有服藥？」Melody 輕描淡寫，她語氣戰戰兢兢的，大概知道是自己忘了告訴我。

我忍住怒氣，整頓飯盡量保持微笑，陪許仙吹蠟燭，切蛋糕，拿出預備好的禮物送她，請店家幫我們拍照，上車，回家。回到家我跟 Melody 大吵一架，我從沒像這樣跟她吵過架，好多年了我們相敬如賓，雖然沒有年輕時的愛意纏綿和親密，也像家人一樣共同維護這個家，養育孩子長大，自己的孩子長期服用藥物我竟然不知道。許仙從十三歲開始偶爾服用藥物，高中三年服藥幾乎成為常態，我一向反對孩子吃藥，除非是大病，除非是特殊情況，藥吃多了就是對身體不好，更何況她當時還未成年，她年紀那麼小，竟然就開始服用佐沛眠、克癇平錠這些安眠藥與鎮定劑，一吃就是六年。也許，我真的從來沒有搞懂，Melody 是個什麼樣的女人。

Melody

廣元很疼許仙，他第一次到醫院看許仙的時候眼神好溫柔，我感覺他會是一個寬容慈祥的父親，看他抱著許仙捨不得放下的樣子就知道了。我坐月子期間他經常來看我跟許仙，每次除了孩子的東西，他還會幫我帶一些補品跟營養品，不同的水果，藝術畫報或雜誌。後來月子中心裡的那些護士都喊他許仙爸爸，廣元笑得很開心，被喊了許仙爸爸後總接著問許仙今天睡得好不好。我就知道，他沒說要這個孩子，只是因為他沒有準備好，只要我生下來一切就會不一樣，他看到孩子就會改變主意了。

離開月子中心以後我帶著許仙搬進新家，是廣元投資的三房兩廳新華廈，房租跟管理費不是太便宜，但是生活機能跟學區都很好，這一區的小學跟中學都是名校。我們還請了一個保姆來家裡幫忙，每週五天，讓我可以回到藝廊上班。我跟廣元一個月沒見幾次面，但我從來沒說什麼，他這麼忙，忙著工作，忙著對原來的家庭交代，我還能從別人那裡分到他的一點時間，應該要知足。我的幸福也是從別人那裡分來的，我很希望跟廣元還有許仙能像一個普通家庭那樣，逢年過節可以聚在一起，在許仙外婆過世之前，每年的除夕夜都是我們祖孫三人一起吃飯，從來沒有一家團圓。

許仙上小學以後，廣元的事業更忙了，他比以前更常飛來飛去，世界各地到處跑，每次回來都會給許仙帶禮物，他偶爾會忘記準備我的禮物，但他從來沒有忘記許仙的。他跟許仙很投緣，許仙喜歡畫畫，大概是繼承了他的基因，當時許仙有很多美術課的作品，廣元到現在還留著，他時常拿起許仙從學校帶回來的畫，在燈光下仔細端詳，研究她的用色和線條，確定她是有天分的。許仙在小學一年級的第一堂美術課，老師就對她稱讚不已，要我們鼓勵她畫下去，說許仙未來的發展令人期待，這孩子在當時就展現了她的藝術天賦。廣元曾經跟我聊過，他以前是喜歡畫畫的，後來選了父母希望他念的科系就越來越少畫，退步了很多，不過他還是很喜歡欣賞跟收藏這些藝術品，這讓他感覺自己充滿熱情。許仙的繪畫天分讓廣元開心極了，一直說這個孩子像他，給許仙報名了靈感開發課，還把家裡其中一個房間改成畫室給許仙畫畫。這是疼愛女兒的父親的表現，我相信我們遲早會成為真正的一家人。

中學時許仙的畫開始得獎，也是在這時候她夢遊得更頻繁，看睡眠科的次數也增加了。睡眠科醫生是廣元朋友介紹的，他說許仙的夢遊症是一種睡眠障礙，通常跟遺傳基因有關，她會半夜起來遊蕩，很可能是抑鬱或焦慮引起的，要我們注意許仙平時是不是有壓力過大的問題。我聽了想笑，一個孩子能有什麼壓力？我跟廣元把她照顧得這麼好，沒讓她缺過任何東西，許仙會畫畫又會念書，老師給她的期末評語都很好，就我所知學校裡還有不少男孩子喜歡她。倒是廣元很心疼許仙，覺得現在的孩子念書很辛苦，許仙要維持課業排名，每週又要在美術創作上跟老師想辦法做各種新嘗試，壓力一定很大，孩子可能不知道自己有壓力，孩子不懂。

看廣元這麼擔心許仙，我不知道該不該開心，我不知道他是會因為許仙這些事更疼愛我們母女倆，還是會嫌麻煩想要逃開，他總是表現得關心，但他經常不在，我有時會想，他真的有這麼忙嗎？還是打算慢慢疏遠我跟許仙？我沒問過他，我向來表現得很大方，在廣元眼裡我是個明事理的女人，我不能問，尤其有了許仙以後，我不能成為有了孩子就變得跟婚前不一樣的那種女人，雖然我們還沒結婚，但也差不多可以算是了。有時我分不清楚，我跟廣元能走那麼久是因為許仙還是因為我，畢竟他原本沒有要這個孩子，應該還是心疼我的吧，但是隨著許仙長大，廣元的關愛好像都投注在許仙身上，我跟他之間共同的話題也幾乎只剩下許仙。

一直到那幾年，我們兩個人偶爾還是會一起去旅行，那時候我就有發現，他看著我的眼神，怎麼說呢，不一樣了，他的眼睛裡看得到身為父親的責任和快樂，沒有幾年前那麼銳利，有點惆悵，有點心事和祕密，有個什麼東西不見了，我說不上來，後來我才知道那個不一樣是他不愛我了。我記得他愛我的時候，我看過他愛我的樣子，所以我知道他的眼睛裡沒有愛了。我一直以為我們不會變成那樣，被時間磨掉愛跟耐性，被生活瑣事吞沒，變成連手都不會牽的家人。我們連家人都不是。

以前廣元看我的眼神很炙熱，在我們剛開始陷入祕密熱戀的時候，他讓我覺得被需要，讓我覺得我是他最重要的人，他讓我相信，我的存在勝過他的妻子。曾經是的，我記得，曾經有過這樣的時期，我們有說不完的笑話，撒不完的嬌，樂於分享生活和各種想法。那時見面，我像隻貓一樣拚命往他懷裡鑽，磨蹭，舔舐，貪圖渴求更緊密的擁抱，接更深的吻。雙腿交纏在他的腰背，他眼神的炙熱幾乎要把我望穿，一個靈魂進入另一個靈魂，濃郁而濕黏。我啃咬他的肩，他的手臂，他啃食我身體的同時，也啃食著我的靈魂，把我神聖又愚蠢的信念也一起咬碎。

許廣元

大學暑假，許仙住進秀山療養院。我不知道這孩子在裡面會過什麼樣的生活，我無法停止想像，其他同住的病友都是些什麼情況，會不會有精神方面問題很嚴重的人？萬一許仙被影響怎麼辦？她需要好的睡眠，療養院的床好睡嗎？房間乾不乾淨？我知道我應該停止胡思亂想，更專心在我的工作上，畢竟那個療養院院長是Melody藝廊的客人，他已經答應會給許仙比較好的安排，但我還是忍不住擔心，請Melody送了一套床單跟枕頭過去，還有畫布、顏料，和一組畫具，讓許仙打發時間，熟悉的事物能讓她有安全感。我來不及和許仙說上話，我想不透她有什麼理由傷害自己，也許是為了治療夢遊症吃太多藥的關係，她真的不該吃那些藥，我不曉得Melody在想什麼，她那麼周到的女人，這孩子卻被她照顧成這個樣子，這麼多年的藥物治療，不只傷害身體，現在看起來似乎只有反效果。

吃藥的事，我沒辦法認為Melody只是忘了告訴我，我總覺得她是故意不告訴我的。有些事情就是這樣，說不上來什麼具體的東西，可能也沒有根據，單純是直覺，而通常這樣的直覺與事實差不到哪去，一旦有不對勁的感受產生，事情多半是不對勁的，至少我是這樣，經驗讓我學習到，在某些時刻，相信那些屬於直覺的想法準沒錯。也許這是一個預兆，在許仙生日那天，讓我有了重新去了解Melody的念頭，我認識她好多年，現在的她與我們初相識時不同，她變得不一樣了。我知道人會變，更好或更糟，我不能確定，又或者無關好壞，我本來就不該拿現在的她與二十年前的她相比，怎麼可能一樣。選擇這樣的人生是一條很辛苦的路，對她或對我都是，一個女人付出寶貴的青春年華，甘願沒有名分的跟著我，除了愛一定還有些什麼吧，只有愛能支撐她走到今天嗎？

對於同一個決定，每個階段的感受都會不同，當初想要的，經過時間，可能會帶來痛苦也說不定，當初難熬的，經過時間，也可能帶來意料之外的美好。也許 Melody 在某些瞬間後悔過，那些瞬間的累積造成了她的改變，不動聲色的，等我察覺到，我們之間已經不是我以為的那個樣子了。我從不後悔有許仙這個孩子，她既乖巧又有個性，對很多事情都有自己的想法，從小就是個貼心的孩子，不曾惹麻煩，也沒發生過讓我和 Melody 頭痛的事。不知道哪裡出了差錯，好像是許仙外婆收養的小白狗死了以後，許仙才開始會夢遊，我諮詢相關機構，也自己上網查資料，小學的確是夢遊好發的年紀，可能來自遺傳或基因，而成年人的夢遊，多半與抑鬱、焦慮，或強迫症有關，我以為許仙長大後會慢慢好起來。

許仙憂鬱嗎？她看起來很好，我們一家人在一起的時候，她總是穿著整齊，面帶微笑，回想起來，最後一次看到她是有些不太對，可能沒睡好，或有什麼事影響心情，悶悶不樂的。那時她剛從蘇黎世回來，我猜想會不會是跟朋友吵架了，但她又跟我分享了很多她跟朋友在歐洲的事。許仙戴著我送她的耳環，那是那一年的生日禮物，她說很喜歡，我注意到她碰耳環的手，酒紅色的指甲油都斑駁了。許仙平時不塗指甲油，就算有也是淺淺淡淡的，她在意細節，總是將自己保持得精緻，像晨間的朝露，像新長的初芽，這不像她。許仙會為了什麼而憂鬱嗎？我已盡我所能給她最好的，不論她做什麼我都支持，她還是幾個藝術節接下來要力捧的畫家，我想不到有什麼事會讓她不開心。還是因為感情呢？她已經是個成年人了，我又常常不在身邊，她應該有很多我不知道的一面吧。我試圖跟許仙聊深入一點，她只是給我看了她的新刺青，是她最喜歡的希臘神話人物名字。

這些年我也有感到筋疲力盡的時候，在兩個家庭之間，有太多話不能說出口，曾經的平衡已經不見，那些愛戀，安慰，寄託，實際上離我很遠，並不存在兩個家庭當中，而所有與另一半或孩子有關的問題，感覺上卻像是一般人的兩倍。我必須付出雙倍的努力去維持我的婚姻，確保兩邊相安無事，互不打擾，我感激我太太是個有事業心的女人，感激Melody對藝術仍有熱忱，她們忙著自己的事，讓我還有那麼一點空間喘息。我開始游泳，加入了會員制的俱樂部，只要工作有空檔就跳進泳池，沒有聲音，什麼都不用想，水裡簡直是另一個世界，在水裡的時候我感到平靜，暫時忘卻陸地上的一切，只是盡情的擺動身體，規律的往前游，觸壁之後轉身，在水中旋轉，踢水，雙臂劃出流暢的弧線，適時浮出水面，呼吸，我提醒自己要記得呼吸。

飛去其他城市工作的時候，我要求入住有泳池的飯店，房間不用太好，不能升等也沒關係，有個乾淨的泳池比房間重要多了，在泳池裡我的頭腦變得很清楚，只要思考起來，工作的事都能想到適當的解決辦法。我想 Melody 一定有事瞞著我，許仙可能也有一些我不知道的事，她們母女倆之間那種詭異的緊繃氣氛，到底是從什麼時候開始的，為什麼我之前沒有發現？我跟 Melody 談過，在許仙最後一次入住療養院的期間，也許那稱不上談話，實際上我們不知從何談起，只是想到什麼就說什麼。

「你還想我怎樣？我已經把孩子照顧得很好了。」一進家門 Melody 氣勢凌人，一副就是要吵架的態勢。

「我只是想知道許仙是不是有壓力，夢遊跟她傷害自己沒有關係吧？她當時為什麼這麼做妳有了解過嗎？」我坐在沙發上，盡量讓語氣平穩，我沒有要吵架的意思，只是想搞清楚狀況，我覺得Melody有事沒告訴我。

「要了解什麼？她就是藥吃太多腦筋不清楚，在蘇黎世的時候也是，吃藥又喝酒差點醒不過來，她說她不是故意的你相信嗎？回來我當然把她送療養院，不是只有你要工作，我也有我的事情要忙，我沒辦法二十四小時看著她。」

Melody把外套脫下，拿起衣架想掛回衣櫃裡，她每個動作都很用力，就好像開關房門和衣櫃只是為了製造聲響。

「我是很忙，沒那麼多時間能陪妳們母女，這不是一開始就知道的？她那些就是憂鬱症的徵兆，妳們住在一起妳真的不知道？除了藥物治療，還有什麼是妳沒告訴我的？」我從沙發起身，突然很想抽菸，但我只是站在那，往Melody的方向望去。

「許仙從小到大什麼都有，每個人都愛她，她有什麼好憂鬱的？她如果真的有憂鬱症也是因為你。」Melody邊說邊倒了杯水來喝，我隱約看到她笑了一下。

「還是別談了吧，這樣的對話一點建設性也沒有。」充滿情緒和嘲諷的話令我反感，我翻出香菸和打火機，準備往陽台走去。

「你想聽一些有建設性的話嗎？」Melody走到我面前直視我的雙眼。「你聽好了，許仙小學五年級的時候就知道我是你的情婦，她一直都知道她是你在外面偷生的孩子。」每個字仔細又清楚，沒有誤解的餘地。

我感覺腦袋嗡嗡作響，隔了好久都講不出話，我無法思考，我從沒想過許仙會知道，這一刻我只想跳進泳池裡。我想像自己在水底抬頭看Melody，隔著水波晃蕩，她的臉逐漸扭曲變形，我聽不清她接下來講的話，我覺得想吐，我覺得缺氧。呼吸，我提醒自己要記得呼吸。

突然之間很多事都說得通了。這麼多年來除了夢遊症狀之外，許仙偶爾的失序，還有她身上散發的疏離感，到後來被診斷出憂鬱症，這一切往回追溯到最源頭，的確是因為我。Melody說的沒錯，是我害許仙變成現在這個樣子的。她當時不過是個小學生，就要面對充滿謊言的家庭，還不能算是家庭呢，連怎麼稱呼都不知道，對她來說，我是別人家庭的父親，Melody是別人家庭的第三者，她是我們外遇生下的孩子，她是我們共同背負的祕密。

我們瞞著她，瞞著全世界，演一齣我的家庭真可愛的大戲，以為這樣就能給許仙一個普通正常的家，太愚蠢了，普通正常的家才不需要這種謊言。原來許仙早就知道了，她全都知道，只是跟著我們一起演這齣戲，像扮家家酒那樣。她從來沒打算拆穿我，為什麼呢？為什麼要自己一個人承擔我跟 Melody 犯下的錯誤？

如果不是許仙在學校受傷，回到家跟 Melody 吵了一架脫口而出，到今天我們都不會有人知道，她在小學五年級的時候就發現這個家的祕密。

在我想得起來的每一個回憶裡，許仙只煩惱過學校的事，跟同學處不來，覺得老師不喜歡她，雖然喜歡畫畫但不知道要不要念相關科系，這類的心事。小學到高中，沒感覺到她有什麼奇怪的地方，後來也只聽她聊過展覽的事，她覺得辦展很麻煩，她討厭那些藝評人，不會創作卻分析得頭頭是道，也討厭一些收藏家，老是喜歡過來給她建議。她想好好畫自己的東西，沒人喜歡也沒關係，她自己喜歡就好，她不想再迎合這些人。

我能想得起來的就是這些，都是孩子在成長過程中常見的那種煩惱，或是興趣與事業之間的平衡，自我調適等等，每個人都會經歷，這些都很正常。我回憶中的許仙，跟憂鬱症扯不上邊。

「這次出差有帶禮物回來嗎？」小小的許仙抱著我的胳膊，整個人靠到我身上，有股牛奶的味道。

「外婆說你很忙叫我不要吵你。」念中學的許仙很調皮，她嘟著嘴，對我做了一個鬼臉，然後跑進房間。

「我跟媽上禮拜發現一家好吃的餐廳，要一起去嗎？」高中的許仙身上已經有一些可愛的刺青，對世界充滿想法，是個鬼靈精。

她看起來那麼開朗，每一次喊我爸爸的時候都在笑，我還記得她在巴黎進修的時候打電話給我，說她的畫被老師稱讚了，聲音聽起來好清脆，充滿希望。她每次出去玩都會帶一個禮物送給我，總是先拍照傳給我看，問我比較喜歡哪個，一點驚喜都沒有。她得到第一個美術獎的時候真的好開心，晚上睡覺還抱著獎狀，隔天壓出摺痕，著急得都快哭了，我答應帶她去吃冰淇淋她才願意走出房門。

我沒有一次感受到任何不對勁，她表現得像一個真正的女兒，在她面前我就是一個真正的父親，養育她，栽培她，在有限的時間裡參與她的成長，為她感到驕傲，以她為榮。沒錯，我們是父女啊，我們是有血緣的，許仙一定是捨不得我難過，她知道我疼她，所以才沒有拆穿這一切，她最善解人意了。她說她不想去療養院，說她沒有傷害自己，為什麼我不願意相信呢？

我一直以為我有盡到做父親的責任，至少我對得起自己，我為自己的選擇付出代價，在兩個家庭之間奔波，一直都盡心盡力，除了感情，我沒有虧待任何人。但我是個好父親嗎？我一點都沒發現自己女兒的異樣，不知道她獨自承受了這麼大的壓力，不知道她接受藥物治療，不知道她有憂鬱傾向。我只關心她的才華，想藉著她去實現我沒機會完成的夢想，我的愛只是一種自我投射，因為我在許仙身上看到自己的影子，看到遺憾有圓滿的可能。

奇幻地　Μορφέας

少年睜開眼睛，發現今天是個晴朗的日子，雨竟然停了。不過他沒有立刻起床，而是繼續躺在床上，想著昨天來敲門的長者還有郵差的事。他在這個時間自由流動的地方仍然保持規律，盡量維持正常的生活作息，並且做好分內的工作，總是在天黑之前把羊群分配好，等郵差在太陽升到天空正中央之前出現。雖然天氣的變化劇烈又難以捉摸，但所有的改變都有跡可循，他多少能夠預測到那些打雷閃電，以及四季的開始和結束。而現在這些東西正在脫離他所認知的常軌，包含那位突然出現在家門前，指責他不應該在這裡的長者。

簡單洗漱以後少年換上外出服，喝了杯熱羊奶就到外面去拆帳篷，淋了好幾天大雨的帆布，已被太陽曬得乾爽，他戴上工作手套將其一一卸下，只留下屋頂作為遮蔽。昨天羊群吃了很多甜菜和甘藍，少年打算今天帶羊群走一走，到附近吃點新鮮的草葉，才剛把圍欄打開，羊群陸陸續續走出來，聞一聞草地，閉起眼睛沐浴在陽光下，看起來很享受天氣。少年進屋用茶葉煮了一小鍋茶，加入牛奶做成奶茶倒進水壺，抓了一把堅果，一塊乾麵包和乳酪，又裝了一點蜂蜜，然後用上過蠟的布巾包好，決定順便來場野餐，暫時不去想這些奇怪的事，反正也想不出結果。

步出戶外，一隻巨大的鷹從少年頭頂上方經過，體型幾乎跟一個成年人一樣大，他第一次看到這麼巨大的鷹，是從哪裡飛來的呢？鷹在空中來回盤旋，似乎在鎖定獵物，少年想起他的羊群。糟糕了，該怎麼趕走這隻鷹，他的體型太巨大了，一不小心連自己也會有危險，不知道遠處的幾戶人家有沒有看到？少年掏出懷中的短笛，用盡全力吹響，清亮又悠長的高音迴盪在曠野，在山谷，傳到遠處的河流與湖泊，碰到大岩壁之後反射回來，形成了回音。羊群意識到危險，有些羊往圍欄裡面跑，有些羊四處亂竄迷失了方向，有幾隻羊越跑越遠，跑到跟帳篷距離要翻三十二頁日記的地方。

原本在盤旋的鷹突然壓低身體向下俯衝，速度之快，少年還來不及做出任何反應，鷹就到達地面抓走了一隻羊，接著振動翅膀引發強勁的氣流，又流暢的飛回天上去，少年的羊就在他面前跟著鷹越飛越高，叫聲越來越小，越過另一座山頭，跟著鷹一起消失在天空中。少年直接在草地坐了下來，想辦法回過神，一切發生得太快，從發現那隻鷹到他的羊被帶走，整個捕獵過程只是一眨眼，少年沒見過那隻鷹，體型巨大得可怕，應該會在食物鏈的最頂端，沒有天敵。從來沒發生過這樣的事，奇怪的事情接而連三，一定是哪裡出了狀況。

一匹馬從旁邊的馬廄探出頭，緩緩走到少年身邊，馬輕輕甩了兩下頭，原地踏了幾步便站著不動。那是一匹俊美的馬，高大，健壯，毛色亮麗，身體閃著油光，非常年輕健康的樣子。竟然有個馬廄，少年都忘了。我有養馬嗎？少年在心裡想，他不太記得了，但應該有好好照顧過這匹馬才對，否則這匹馬怎麼能撐過這麼多個冬天。少年拿來幾根胡蘿蔔餵馬，馬立刻就吃了，搧動睫毛看起來心滿意足。對，少年知道這是自己的馬，他認得馬，馬也認得他。少年毅然決然跳上馬背，坐穩以後拉動韁繩，在無垠的曠野上奔跑起來，他能感覺自己與馬奔跑的律動逐漸整合，風呼嘯而過，馬蹄聲綿延不斷。少年不知道要去哪裡，只是一路狂奔，朝著太陽的方向，曠野的盡頭。

馬跑得太快了，等少年回過神，已經來到另一處陌生的曠野，橘紅色的土，乾燥的地面，植物稀少，沒什麼能作為遮蔽處的地方，而陽光似乎比平時還要猛烈，很快他的皮膚就感受到刺痛與灼熱。少年牽著馬緩緩向前，曠野好像沒有盡頭，不管怎麼走風景都差不多，大地被陽光曝曬，植物難以生長，沒有湖泊，沒有溪流，因為無人居住連口井都沒有，一切都缺乏滋潤，毫無生氣。不知道在這裡走了多久，感覺全身的汗都要流光，整個人搖搖欲墜、疲憊不堪，終於遇到可遮蔽陽光的一棵大樹。少年沒看過這樣的樹，每一片葉子都是淺淺的粉紅色，又大又圓，搖曳在風中就像故事書上的圖畫，與這片乾燥的曠野形成強烈對比。

早上什麼都沒吃，少年啃了幾顆堅果補充體力，身上只有裝著奶茶的水壺，勉強喝了一些還是口乾舌燥，他需要喝水，馬也需要喝水，得找到水源才行。少年閉起眼睛，思考著該繼續往前走還是原路返回，四周很安靜，他聽見自己的呼吸，聽見樹葉被風吹得沙沙作響，這裡什麼也沒有，像被神遺忘似的。陽光穿透那些樹葉枝芽的縫隙，灑落在橘紅色的地面，成群的螞蟻正搬運一隻蛾的屍體，那隻死掉的蛾跟著蟻群移動，經過陽光照射的地方，有那麼一刻看起來好像有了生命。長長的螞蟻隊伍向地平線蔓延，地平線的那頭冒著蒸氣，那煙霧之後有什麼一閃一閃的，好像是水光，少年驟然起身，朝地平線那頭狂奔而去。

那一定是水面造成的反光，少年曾見過波光粼粼的海面，直覺認為那裡有一條河，或是之前連續幾天大雨留下的水窪，他已經等不及將整個人浸泡在水裡，張開身上所有毛細孔，讓每個細胞盡情吸飽水分，然後在水中划動雙手，抬頭仰望天空，與水合為一體，接受陽光的沐浴禮。少年邊這麼想著，邊邁步前進，好像能感受到水裡的那股清涼從體內透出來，不知不覺越跑越快，馬似乎察覺到少年的喜悅，也跟著跑了起來。一人，一馬，虛弱但是倔強，同樣被生存的慾望驅使著行動，生命本質並無不同。他們必須為自己奮力向前跑，一直跑才有活著的可能性，原地等待本身就是一種死亡。

不知跑了多久，少年的體力終於耗盡，再也沒辦法動了。地平線的另一頭什麼都沒有，原本滿心期待的綠洲，不過只是海市蜃樓，少年看見的是自己慾望的幻象，他辛苦所追逐的東西並不存在，看起來再怎麼令人嚮往，實際上一片虛無。這片荒蠻的大地提醒他是如此渺小脆弱，而且不夠謹慎，面對大自然一刻都不能鬆懈，一定要心懷敬畏才行。汗水浸濕了他的衣服和頭髮，身體殘存的水分似乎都排出體外了，少年乾燥得彷彿隨時有可能碎裂開來，風一吹便化為塵土。他躺在地上，感覺視線模糊，連呼吸都很費力，原以為離去的日子永遠不會到來，現在少年心想，也許就是今天了，也許今天就是那個日子。懷抱希望是好事，但要有心理準備，在遠方等待的，也可能只是其他形式的死亡。

「你還好嗎？」有個女人在說話。

「你聽得見我的聲音嗎？」少年聽得到，但沒有力氣回覆。

女人把少年的頭稍微仰起來，少年感覺有水滴在他的嘴唇上，有一些流進他的喉嚨裡，少年嘗試吞嚥，想把水吞下，一開始並不順利，幾次之後，他能感覺水順著喉嚨流進他的五臟六腑，滋潤他的全身。少年慢慢調節呼吸，確切的將空氣吸進肺部深處，模糊的視線也慢慢開始聚焦，女人的臉在少年眼中逐漸清晰，她看著少年的眼神，說是關心，也許形容好奇更為貼切。女人一頭長捲髮，穿著無袖背心和長褲，少年沒見過這樣的服裝，但並不覺得奇怪，比起這兩天身邊發生的這些事，沒什麼好覺得奇怪的。

女人纖細的手臂上畫了一些圖案，還寫了字，少年看不清那圖案是什麼植物，好像是一種花，那些字，是希臘文，而自己竟然看得懂。

Μορφέας。是少年認識的名字。少年一頭霧水，不確定是不是搞錯了，他試著讀出那個名字，用一種只有自己聽得見的微弱聲音，慢慢的，讀出每一個音。

摩，耳，甫，斯。

夢境　滿月

天空中出現巨大的滿月，人們從四面八方聚集，不一會兒，原本空曠的荒野上已經人群遍布。人們面無表情，只是抬頭看著天空，沒有交談。

滿月大得並不尋常，像電影場景裡的道具，或是使用了某種特效造成的視覺效果，鵝黃色的圓，最外圈透著一層光暈，質地非常曖昧。

我不知道這裡是哪裡，這些人好像彼此認識，我也是當中的一分子。我好像在這裡很久了。

我站在人群中，發現你也在這裡，也抬頭看著月亮。要不要跟你打招呼呢？已經忘了上次見面是什麼時候，好久沒見到你了，我還以為我再也見不到你。

我還在猶豫，突然間地面劇烈的搖晃，人群四處竄逃，害怕得尖叫。放眼望去一棵樹木都沒有，也沒有任何建築，荒野空曠的毫無邊際，彷彿筆直的一直向前跑，最後就會回到原點。能逃去哪？

我不知道這強烈的地震跟巨大的滿月是否有關，我們是碩果僅存的人類，在這片荒野中想辦法生存下去，甚至不知道這個世界是怎麼變成現在這個樣子的，就已經在逃亡了。

我想找到你，在這什麼都無法確定的混沌之中，想找到你是我唯一確定的事，但是我們已經走散了。我跟著人群往前跑，其實不知道自己該去哪裡，沒有一個地方是安全的，如果停下來，我就會消失。

我總想抓住那些稍縱即逝的東西，自以為能留住什麼，我們連相愛的證據都沒有。現在我明白了，我所追求的永恆，只存在於一瞬間，被保留在那段時光的水滴裡，永遠不變。但我們是會變的。

那個東西存在過，就會一直在那裡。而我們被時間之流推著往前走，沒辦法停下來，只能放手。人是不可能活在過去的，那樣的話會連未來都沒有。

我躍入大海之中，讓自己隨波逐流，海面波光粼粼，朦朧又充滿霧氣，剛剛驚險的逃亡好像沒發生過一樣，世界又陷入寂靜。

我潛入大海深處，心想也許能找到什麼，也許這片海就是由那些死去的人類留下的永恆水滴匯集而成的。屬於我的永恆可能在裡面。

當我再浮出海面時並沒有看到月亮，視線所及萬里無雲，太陽熱辣烤焦了我的皮膚表面。我躺在那裡，像要趕去跟誰見面那樣的再次睡著，但我還是沒有看見你。

我回到荒野，抬頭看著天空，等待下一次滿月的日子。

奇幻地　女孩

老舊的電梯正在緩緩往下降，多年的木頭與鐵件仍保存得非常好，鋪很久的暗紅色地毯也還算乾淨。電梯內的空氣有股很老的味道，嗅起來像祖母家的壁紙，或兒時最喜歡的塑膠玩具。女孩站在電梯裡，捏捏自己的手指，只要感到緊張不安，她總習慣捏自己的手，很快她就意識到自己正在捏手而停下了動作。

女孩低頭看著自己的雙手，沾滿了乾掉的顏料，電梯在這時候發出叮的一聲，門打開了。門外一片漆黑，沒有任何聲音，女孩努力想看清楚眼前是什麼地方，不管看了多久，雙眼都沒辦法適應黑暗，怎麼看都是一片漆黑。

有微弱的、淡黃色的光影在搖曳，那光影越來越濃烈，發出柴火燃燒的聲音劈啪作響，眼前出現了火堆，火光逐漸暈染擴散，照亮了周圍的路。剛剛什麼都沒有，現在漆黑之中有了火，慢慢的能看清楚環境，夜晚的曠野沒有半個人，也沒看到任何動物，遠處有幾棟樓房門窗緊閉，分散在曠野各處。

女孩回過頭，剛剛搭乘的電梯已經不見了，曠野之中只剩自己，不見人煙。女孩用極為緩慢的速度往前走，像是要確定每一個步伐都確實的踏在地面上，非常謹慎的。她知道，對大自然一定要懷有敬畏之心才行，尤其在夜晚。

天漸漸亮起來，起初是幽微的深藍，那深藍慢慢褪色，越來越淺，直至成為晴朗的豔陽天，有些像絲綢的雲被風吹動，在天空中流轉，陽光爬上肌膚，刺刺癢癢的。天亮以後才看出這片曠野沒有盡頭，乾燥的橘紅色大地，植物非常稀少，那些樓房在白天看起來比在夜晚時離得更遠。

太陽移動的速度很快，沒多久就到了正午時分，陽光灼熱刺痛肌膚，放眼望去沒有任何一處可以躲避的陰影。女孩朝著那些樓房前進，想找人求助，她需要水，她需要躲躲這毒辣的陽光。

女孩不停的走，與樓房之間的距離卻不斷增加，那些樓房離自己越來越遠，她來不及搞清楚，無法分辨是不是強烈的陽光所導致的幻覺，至少看起來是這樣。越是努力靠近，越是遠離。女孩想起生命裡好像有這樣的時候，但想不起來更多細節，隱約感覺到自己曾經也像現在這樣，為了什麼而努力前進，卻離那個什麼更遠了。

突然之間一池湖水蕩漾，光線反射在女孩臉上，女孩想都沒想，深吸一口氣後躍入水中，敏捷靈巧宛如人魚。湖水深處被陽光照得澄澈透明，沒有一點雜質，純粹到像宇宙的初始。女孩就像母親體內的胚胎，尚未成形的胎兒，在裝滿羊水的子宮裡，帶著上輩子的記憶悠游。

在太陽下烤一烤，頭髮和身上的衣服馬上就乾了。不知道還要走多久，也不知道要走去哪裡，深怕走不出這片曠野，也到不了那些樓房，女孩從地上拾起一個水壺，盛滿了湖水。那是小學三年級時外婆買給她的，紅色的水壺，貼滿了可愛的卡通圖案貼紙。

她記得這個水壺被母親扔掉了，母親覺得那些貼紙很醜，撕也撕不乾淨，趁她上學的時候扔掉了。女孩揹起水壺，繼續在曠野中前行。太陽似乎又下降了一些，她在心裡祈禱，希望天黑前能找到藏身之處。

有時風很大，吹得女孩快要張不開眼睛，偶爾有老鷹在天空盤旋，風聲與鷹唳是曠野唯一的聲音，除此之外只有女孩規律的腳步聲。如果從老鷹的視角來看，在這片偌大的曠野上，女孩就像隻脫隊的螞蟻，沒有任何同伴，只是緩緩移動的一個小點而已。

那些奇異的樹吸引了女孩目光，淺淺的粉紅色葉子又圓又大，盛開在橘紅色的曠野之中，恣意綻放，隨風搖曳。她從未見過這般夢幻的植物，她停下腳步，好奇的瞪大眼，伸出手想摸摸看，她想知道那些葉子的觸感是不是跟自己想像的一樣。

隨著植物的方向望去，女孩注意到不遠處的少年，蜷縮在地上看起來很痛苦的樣子，在他旁邊的馬看起來奄奄一息。女孩走到少年身旁蹲下，輕輕搖晃他的身體，試圖使他保持清醒。

「你還好嗎？」少年沒有回答。

「你聽得見我的聲音嗎？」少年發出微弱的呼吸聲。

女孩將少年的頭稍微仰起，打開水壺，小心翼翼把水倒進少年口中，確保少年將水吞嚥下，然後才去照顧那匹馬。少年逐漸恢復精神，他調整呼吸，坐起身看向女孩，當兩人對視，時間好像凝結了。

少年的眼神清澈得像剛才湖水深處的陽光，瞳孔裡蘊含了整個宇宙最古老的智慧，裡面彷彿藏著所有問題的答案。少年皺了皺鼻子，擦去額頭上的汗，臉頰細碎的雀斑在陽光下閃耀如金，他動動嘴巴，好像講了什麼，太小聲了女孩沒聽見。

少年露出訝異的表情，想問女孩為什麼身上有那些圖案跟文字，突然之間遠方出現閃電，倏地落下一道雷，發出震天巨響，女孩抬頭看見密布的烏雲迅速蔓延開來，挾帶著暴雨朝兩人靠近，雷鳴和雨聲越來越大，風起，雲湧，明亮的天空漸漸被黑暗覆蓋，似是逃亡前的不祥之兆。

「跟我走。」少年拉著女孩的手，兩人都上了馬背。

「抓緊。」馬全速奔馳了起來，暴雨在後頭追趕，雨水接觸到高溫乾燥的地面，瞬間引發大量水蒸氣，又熱又燙。女孩緊抱著少年，儘管心中有很多困惑來不及問，很多事情還沒搞清楚，但現在她只專心想著在這片曠野中活下去，那些問題突然變得一點也不重要。

在暴雨抵達之前，兩人及時趕到少年的木屋，馬和少年的羊群一起待在外頭，在有屋頂作為遮蔽的圍欄裡，津津有味吃著胡蘿蔔。驟降的暴雨如注傾瀉而下，斗大的雨滴嘩啦嘩啦打在木屋上，雨聲狂妄瞬間撐破原本的寂靜。少年和女孩都沒有說話，他們在屋子的兩端望著彼此，靜靜的看著對方，等待暴風雨過去。

沒過多久暴風雨就停了，黑夜來臨，世界又恢復寧靜。女孩這才注意到，屋內只有簡單的擺設和物品，一張桌子和櫥櫃，小小的灶台和壁爐，還有一個看起來像床鋪的地方。也許是嘈雜的雨聲突然停止的關係，女孩感受到一股耳鳴，她不舒服的揉揉耳朵，輕咳了兩聲。

「不要緊，過一會兒就沒事了。」少年指了指自己的耳朵對女孩說，然後到灶台旁的角落取了一些枯枝，丟進壁爐裡點燃。隨著火焰越來越旺，屋內漸漸溫暖起來，他遞給女孩一杯熱巧克力。

「謝謝。」女孩道謝，自己的聲音和少年的聲音，聽起來都朦朦朧朧的，好像在水底。不過她不以為意，接過杯子，小口啜飲熱巧克力。

從窗戶看出去，可以看見滿天的星星，密密麻麻布滿整片天空。女孩似乎受到了星星的牽引，悄悄走到屋外，巨大的滿月，繁星點點，星月皎潔。她望著這片無垠的星空，難以想像日夜差異如此巨大，白晝像一隻危險的獸充滿了攻擊性，夜晚則像隻忠誠溫馴的老狗。

少年將圍欄打開，放羊群出來走動，有幾隻羊湊到女孩旁邊嗅嗅她，不停打轉，似乎是對女孩感到好奇。女孩撫摸那些羊為他們順毛，羊毛是如此柔軟，這一刻令人安心。沒有邊際的星空籠罩著少年和女孩，還有那些羊群和馬，此刻都被月亮守護著。

「我好像忘記一件很重要的事，但我想不起來了。」女孩仰望星空，像在對自己說話。

「明天我們去拜訪一個朋友，他什麼都知道，一定也知道妳忘記的東西是什麼。」少年想，摩耳甫斯肯定知道所有祕密。

睡前他們在屋內唯一的一張桌子上，用麵粉、牛奶和砂糖，一點罌粟花做成的色素，還有童年最寂寞的回憶，攪拌成粉色的麵糊，烤出一個又大又飽滿的蛋糕。屋內充滿著熱騰騰的香氣，少年和女孩愉快的分食。

女孩的母親也曾為她烤過一個蛋糕，在她小學三年級的時候。那天她們等了好久，始終沒有等到父親回家，母親失魂落魄的走回房間，關起房門，留下女孩獨自在餐桌前。看著蛋糕和沒有點燃的蠟燭，女孩唱起生日快樂歌，小小聲的，深怕吵到母親。她忘了自己許過什麼願。

流星劃過深邃的夜空，月光下，少年檢查羊群的圍欄，簡單洗漱以後，從櫥櫃拿出厚厚的毯子，鋪在原本的床鋪旁邊準備就寢。女孩則躺在床上，她看著窗外，不知道明天會發生什麼事，不知道接下來要去哪裡，她覺得很疲倦，現在只想好好睡一覺。女孩感覺身體變得很輕，慢慢陷進床鋪裡，越陷越深，直至陷入無夢的睡眠，一個沒有人找得到她的地方。

許仙

我念小學的時候就隱約感覺到，我們家好像跟其他人不太一樣。我爸老是在工作，一年裡我們其實沒有多少時間相處，他從來沒有到學校接過我下課，一次都沒有。過年他總是不在，從我媽那邊得到的回答永遠一樣，不管何時問起，我爸永遠是在某個遙遠的城市，正忙著處理工作回不來，印象中有好多年的年夜飯，都只有我跟媽媽還有外婆。大概在五年級的時候，我聽到其他老師耳語，說哪個同學的媽媽跟許先生的太太認識，不知道他還有一個女兒什麼的。老師說的許先生就是我爸，但他們口中的太太指的並不是我媽。雖然那時候年紀還小，但我也能猜到是什麼意思，有一天趁家裡沒人我把戶口名簿翻出來，從小那些奇怪的疑惑突然都有了答案。

我心裡一下子湧現許多，無法描述的模糊而複雜的感受，我沒有讓任何人知道我看過戶口名簿，我不敢說，我覺得說出來那些感受就會變得很立體，我的衝擊和傷心就會具象化，我不知道怎麼面對這些，過於難受又過於真實的東西，隔了好多年以後我才有勇氣告訴魏怡海。從那天起，我再也沒辦法像以前那樣看待我爸媽，我已經知道他們對我的好對我的付出，都是建立在一個見不得光的祕密上。妳看妳爸多疼妳，妳爸這次過年又回不來了，這個暑假我們全家到澳洲度假好不好，這些全都是包裝過的謊話，從我出生到我發現那天為止，整整十年，跟真的一樣。

那天晚上我失眠了，我在床上躺了好久才睡著。我夢見我走進學校講堂，所有的老師跟學生都在那裡，他們轉頭看向我，讓出一條路讓我往人群中心靠近，那中心放了好幾幅我畫的畫，是這次要報名美術比賽的作品，他們叫我把所有的畫都拿走，說像我這樣的人沒資格報名，然後大家開始對我指指點點，之前幾個耳語的老師也在。有人訕笑，有人露出可憐我的眼神，說我的家庭其實是個謊言，我憤怒又羞愧，看著他們不知做何反應。

隔天醒來的時候我人在書房，手上沾染了一些顏料，睡衣也弄髒了，幾枝畫筆被隨便丟在地板上，幾幅我原本要報名美術比賽的作品，全都覆蓋了一層亂七八糟的塗鴉。那是我第一次出現夢遊症狀，起初我媽還以為是我惡作劇，她覺得我不想參加美術比賽所以把作品毀掉。我的夢遊症狀斷斷續續的，看醫生也有一搭沒一搭持續了好幾年，療程本來沒有使用藥物的，我在念中學的時候開始偶爾服用藥物，我媽要求醫生開一些幫助睡眠的藥給我，讓我可以睡得沉一點，長大以後我才知道自己吃了什麼。

我一直都跟我媽不是太親密。她是個聰明的女人，對事業人生有規劃，對我也有規劃，我照著她的安排過生活，吃什麼、穿什麼、用什麼，好像都是為了滿足她的期望。從我有記憶以來，上小學開始，帶到學校的那些書包、水壺、便當盒、文具用品，全都是自然中性的顏色，做工細緻，沒有卡通圖案，她覺得印上那些卡通圖案一點美感也沒有，也不太喜歡我看卡通，偶爾才讓我看。她教我把頭髮洗好吹順，指甲剪得乾乾淨淨，露出整齊的白色月牙，細細的，像新月，每件衣服都熨得平整，像新的一樣，穿起來直挺挺的。我媽不准我吃零食，只有外婆會讓我吃，她知道以後有點生氣，不過後來也有一些讓步。每天最晚九點半點我一定要躺在床上，我媽說睡眠很重要，睡得夠身體才有休息到，她注重我的健康，飲食均衡，還經常幫我準備現榨的新鮮果汁，裝在水壺裡讓我帶到學校去。

她對我的照顧無微不至，我卻從她身上感受到類似厭惡的情感。

我記得小學三年級的時候，有天下午家裡沒人，那天是星期天，保姆臨時有事，我自己一個人在家寫功課，寫無聊了就去看電視，拿遙控器隨便轉台亂看一通，吃冰箱裡外婆買來的冰淇淋泡芙，電視看著看著，覺得頭越來越重，身體軟軟的，開始流鼻水。

我媽回家以後我告訴她我好像感冒了，她看了我一眼，說應該是吃了太多冰的關係，就徑直往房間走去，房門關上以前，還能隱約聽到她說早叫妳不要吃這些妳外婆還買。我站在剛才跟她說話的地方，一動也不動不知道該怎麼辦。隔天我照常到學校上課，因為身體太不舒服到保健室休息，班導師打電話叫我媽接我去看醫生，我媽開車從學校載我到診所的路上，臉色非常難看，好像我生病是件麻煩的事，或者說，她讓我覺得，我本身就是那個麻煩。

「妳為什麼要這樣？」快到診所時我媽開口，視線仍看著前方。

「什麼這樣？」我不知道我做了什麼讓她不高興，只有在我做錯事的時候她會這麼問我。

「妳是故意的嗎？妳是想讓老師跟同學覺得妳很可憐嗎？」我媽笑了，我不知道有什麼好笑的。

「沒有，我是真的很不舒服，我沒有故意。」還沒來得及搞清楚這些話，被質疑人格受侮辱的感覺，湧現，又消失。我緊握拳頭，臉一陣漲紅。

我第一次感覺到我媽不喜歡我。當時的我只是個孩子，還未學會完整的語言，也還未定義這個世界，就已經先感受到來自母親的厭惡，這是我最先認識的情感，我甚至還不認識自己。這麼說有點奇怪，她花了那麼多心思在我身上，我卻感覺她不喜歡我，誰聽了都會覺得是我想太多，或者是我在找麻煩。她做很多事出發點都是因為我爸，我爸喜歡我畫畫，她就帶我買顏料買畫具，我爸希望我參加比賽，她就替我報名，念哪一所學校，要不要去巴黎進修，這些都是我爸的意思，我媽就在旁邊負責表現出開心與贊同，扮演好她面面俱到、稱職母親的角色，但我知道她並不開心，她為我做的一切不是源自於什麼偉大的母愛，只是為了討我爸歡心而已。

我試過說服自己，這些感受或許只是一種錯覺，一直到我看到戶口名簿以後，才知道原來很多事情都是有原因的，那些我跟她兩個人獨處的時候，時不時出現的帶著惡意的調侃，她為我做的所有事情，都像在完成待辦事項的清單一樣，沒有關心，沒有在乎，甚至覺得厭煩。我是第三者生下的孩子，我的存在很可能只是一種手段，我嘗試去理解我媽對我產生的複雜情感，我仍試著討好她，希望有一天我可以不只是他們兩人祕密的附屬品。我努力跟她聊學校的事，聊我的畫，聊我的夢，她總是興趣缺缺，只有我爸在的時候她眼裡才有光，我跟我媽說，旺財死的時候我夢到他了，我媽不喜歡我講這些，她覺得那都是沒有根據的怪力亂神，我爸聽了會不高興。

當我談論我的夢境的時候，我媽把我當成神經病，我的每個男友也都覺得我有病，他們都太相信他們看到的這個世界了，不接受其他可能，說不定現在的人生才是一場夢，只是我們不願意清醒。只有魏怡海會聽我講這些奇怪的話而不覺得我奇怪，L也會聽，他其實是不相信的，至少他願意假裝相信的樣子。我在秀山療養院的時候有個病友告訴我，如果做了夢一直醒不過來，可以找一個很高的地方跳下去，這個夢就會結束，很多人想確認自己是不是在做夢會捏捏自己，也是這個道理。有幾次我真的好希望這樣的人生只是一種設定，好希望自己能從夢中醒來，如果可以重新來過，這一次不要去巴黎，什麼比賽都不要參加，當美術老師教小朋友畫畫。我只想生在一個平凡普通的家庭，談一場平凡普通的戀愛。

有時候我很羨慕魏怡海，選擇他那樣的生活需要很大的勇氣，但他跨出去了，放下台北的一切，在飛行時數十六小時的另一個城市重新開始。他常說自己什麼都沒有，在我看來他擁有很多，都是我沒有的東西，看起來閃閃發光，好自由。我曾經問魏怡海要不要一起逃走，他覺得我在開玩笑，我是認真的，跟我媽這樣的女人繼續在一起我遲早會瘋掉。我搬出去住過一陣子，後來夢遊的症狀變嚴重又搬回家，我在租屋處附近的公園長椅上醒來，當時是凌晨兩點，一個街友把我叫醒的。我很害怕，那是我第一次意識到，夢遊可能造成的嚴重性。

那時候從巴黎回來一年多了，剛辦過展，在巴黎的時候感覺神清氣爽，幾乎沒有夢遊的症狀，就算有也很輕微，趁著狀況好，回台北以後我搬出去住，沒想到症狀開始頻繁出現。我回家去，又跟我媽一起困在這個屋子裡，我吃更多藥，有更長時間的睡眠，做更多的夢，在不同地方醒來，醒著的時候畫畫，撕爛，再畫，再撕爛，然後繼續畫。我媽不在的時候我就跑到陽台抽菸，或是去公園看人跳廣場舞，圍觀老人下棋，成天無所事事。她回家以後我們幾乎待在各自的房間，偶爾在飯廳一起吃晚餐，氣氛和平，就是不太想跟對方說話，也沒什麼好說的。我曾經覺得自己會跟自己的鬼魂糾纏，跟這個家爛在一起，慢慢腐爛發臭，成年以後，我已經找到在這個家的生存之道，表面上盡量滿足我媽對權力和佔有的慾望，一家人在一起的時候，我就跟著扮演乖女兒，滿足我爸想要營造我們是一個普通家庭的心願。

念大學的時候，有一次跟我媽吵架，那時我在學校畫室劃破自己的手，很痛，在醫務室做了簡單的止血包紮，我不想去醫院，學校通知我媽，她憂心忡忡來把我領走，從上車開始到醫院，然後回家，整段路程她都沒說話，也沒問我怎麼會受傷的，她壓抑憤怒而且相當不耐煩，好像我給她惹了什麼麻煩一樣。進門我坐在沙發，等著看我媽會不會問我怎麼了，她走過來我旁邊坐下，雙手交疊在胸前，搖搖頭，深吸了一口氣，再重重的把氣吐出來，好像要講什麼。我有預感她又要開始了，果然她一開口就沒好話，似笑非笑的問妳是故意的嗎，妳覺得這樣妳爸會比較關心妳比較常回家嗎。瘋女人，她一點都不關心我，沒有想要知道我發生什麼事，還講這種話，我已經沒辦法判斷她是想激怒我，還是真的認為我是這樣的人，也分不清到底是我爸在的時候是她的表演，還是跟我獨處的時候才是她的表演。不管怎麼樣，她都不應該這樣對我。

「妳為什麼要這樣？」我媽問我時我盯著地板沒看她，摳著手上包紮的紗布。我不想理她，她根本不在乎。

「妳為什麼要讓我這麼難堪？我覺得很心痛，妳有想過我跟妳爸的心情嗎？」我媽瞬間扮演起心力交瘁的母親，於是我變成一個讓父母心痛又難堪的女兒。她演得投入，我看得噁心。

「讓妳難堪的是妳自己。」我告訴她我看過戶口名簿，很久以前就看過了，我早就知道我是許廣元在外面偷生的女兒，知道她是別人家庭的第三者。

我媽聽了以後愣住幾秒鐘，那沉默感覺漫長，她死命盯著我，漲紅了臉非常生氣，講不出一句話，倏地抓起桌上的水杯潑了我一臉水，把杯子往地上砸，像逃離現場一樣，快步回房，摔門。我第一次看到她這樣，一直以來我媽的惡意是優雅的，憤怒的時候也是，像這樣可說是失態的行為不曾發生過，我知道我講的那些話刺中了她，那些話敲碎了她編織好多年的完美家庭的夢，提醒她只是地下情人，從來都沒有妻子的身分，她辛苦守護的那個東西原來那麼脆弱，不堪一擊。我其實什麼都知道，但我沒有說，看著她以一個盡心盡力的好媽媽自居，這麼多年了，她一定覺得很難堪，我忍不住發笑，像迎來某種勝利，臉頰上的髮絲在滴水，腳邊滿地的碎玻璃，我都不在意。

告訴我媽我知道所有的事情以後，我們的關係比以前更冷淡，不過我們很有默契，在我爸出現的時候和睦相處，談笑風生，一家三口幸福美滿。後來我休學進了秀山療養院，我媽送我去的，我這輩子都不會原諒她，我的手劃破只是個意外，她主張是吃藥的後遺症，所以我傷害自己，荒謬，也不想想我開始吃藥還不是因為她。從中學到大學，因為我媽大肆宣傳，我身邊所有的人都知道我會夢遊，好讓她有機會扮演費勁心思照顧女兒的母親，什麼再麻煩老師了，謝謝你們平常那麼照顧許仙，這些話我從小聽到大，同學跟老師也因為這樣把我視為需要特別關懷的對象，我一直都被當成病人看待，但我好得很。

頻繁進出療養院的那幾年我陷入憂鬱，住在裡面的時候，我所認知的一切都失去意義，進食沒有意義，清潔沒有意義，天氣沒有意義，時間沒有意義，我感覺自己活得像螞蟻，在陽光照不到的地下洞穴，每天重複一樣的事，沒有慾望，沒有情緒。每次入住療養院我媽都親自送我，她從不跟我說要住多久，只告訴我會再來接我的，然後眼眶含淚深情款款對我說，許仙妳要快點好起來。一想到要面對這個女人我就覺得好累，我期待睡眠，把夢境當成我要回去的地方，把在療養院的日子當成一場夢。有時夢境清晰到像真的，幾乎是真的了，我伸手就要觸碰到L的臉，那麼近，近到我能感覺他的呼吸，然後畫面越來越亮，過度曝光，我回到療養院床上，恍若隔世，怎麼樣都無法從那股黏膩抽離。

睡不著的時候我就吃藥，我最害怕的事情就是失眠，睡眠讓我得以從人生短暫逃離，失眠把我困住，動彈不得。跟L分手那陣子是我狀況最差的時候，夢遊嚴重，我又恢復吃藥的療程，睡眠科醫生開給我安眠藥和鎮定劑，用來減緩和控制症狀，那時已經進出過療養院幾次，出院以後開始看身心科，吃抗憂鬱藥物，那一年吃了一堆藥，有時怎麼樣就是睡不著，躺在床上翻來覆去，頭腦清醒，看整晚的黑白老電影也毫無睡意。我常常看著天空從很深的藍，透出一點紫，漫出粉粉橘橘的光，最後完全亮起來，聽鳥叫，等整座城市慢慢甦醒恢復生氣，等我媽出門去藝廊，我才陷入軟綿的床，如入無人之境，沉沉睡去，夢境甜蜜，黏稠，混濁。有時醒來在深夜，安靜得像被誰遺忘在遙遠的過去，真實的界線模糊難辨。

奇幻地　祕密

少年劃開第一根火柴的同時邁出步伐，像往常一樣，等到火柴燃燒殆盡，冒出一縷白煙，便劃開下一根火柴繼續往前走，如此重複著。女孩緊跟著少年，很快就適應這種奇怪的行走節奏，不知道燃燒一百根火柴要花多久時間，不過在少年身邊很安心，要走多遠都無所謂。

在第六十六根火柴熄滅的時候，少年停下了腳步，他不敢相信自己的眼睛，眼前是一座被雲霧環繞的森林。從木屋通往摩耳甫斯家的這條路，少年數不清自己走過多少遍了，這條路上並沒有森林，今天之前這座森林從來就不存在，他不確定這和巨大的滿月有沒有關聯，暫時沒有點燃下一根火柴。

「這條路我走過成千上百次了，這裡並沒有森林。我不知道怎麼回事，但我想，在我們不留神的時候，有什麼悄悄改變了。」少年思考了一下對女孩說。他想起這幾天發生的怪事，也許之後會變得更奇怪也說不定，自己有義務告訴女孩。

「我們得穿越這座森林嗎？連你也沒走進去過？」對於眼前全然的未知，女孩顯得猶豫。

「我們要去的地方就是往這個方向，想抵達就必須穿越森林，這一點我非常肯定。」少年心想，在這座森林出現前，原本規律的生活早已瓦解，不需要去想遺留在身後的一切，不需要去想昨天，或更之前的事。世界起了變化，想著這些一點幫助也沒有。

他們調整心情，像孩子即將展開冒險那樣，準備探索森林裡的一切。這座森林像滿懷祕密等著被人發現，又靜謐得神聖不可侵犯，雲霧環繞著植被，從而減弱了陽光，霧氣凝結於葉片上，變成一顆顆水珠滴落，樹木的枝幹爬滿了苔蘚與羊齒植物，有的高聳直衝天際，潮濕的土壤踩起來像熱水沖過的咖啡渣，空氣裡散發著泥煤的味道。

朦朧的霧氣之中，一座鋼鐵城堡懸浮於半空，在離地一公尺的高度，發出微小的，像電磁波干擾的聲音。城堡外觀由大小不一的金屬拼湊而成，每塊金屬材質都有著微妙差異，有些斑駁生鏽，有些則新得發亮，沒有任何窗戶，看不到裡面，唯一看起來像出入口的，是與城堡外觀格格不入的單薄木門。

此時成群的烏鴉從遠處飛來，此起彼落的叫聲在森林裡迴盪，吸引越來越多烏鴉聚集在城堡上方。他們繞圈，躁動，快如閃電，漸漸形成一個暴風圈，有些飛得太快失去平衡，失速與同伴撞在一起，或撞擊到樹幹掉落地面，接二連三，彷彿下起了烏鴉的屍體雨。

「我們不能這樣前進，得暫時避開這些烏鴉。」少年伸手推了推那道木門，沒想到門馬上就開了，甚至沒有上鎖。

少年與女孩並未猶豫太久便走進屋內，木門碰一聲關上，立刻阻隔了那些狂亂的烏鴉叫聲。他們站在玄關處，打量這個憑空出現的奇異空間，木頭地板有點老舊，雖然鋪了地毯踩起來仍吱吱作響，牆上貼的碎花壁紙有些地方已經泛黃，附著著黑色的黴菌，很難與城堡的外觀聯想在一起。

玄關的正前方是通往二樓的樓梯，右手邊則是一間小小的書房。女孩被四面延伸至天花板的書櫃吸引，走進書房內，精美的書籍放滿了書櫃，正中央擺了一張書桌，除此之外什麼都沒有。書桌上放了一些紙筆和墨水，一疊文件，還有一個信封，沒有署名。

女孩盯著信封，隱約感覺這封信是自己寫的，雖然是第一次走進這個地方，但她能感覺這封信是她不知道什麼時候，在哪裡寫下的。那是一種無法解釋明確的感覺，她明白，這封信一直在這座城堡的書房桌上，等著有一天重新回到她手中，等著被她打開。

信紙上面密密麻麻寫滿了字，不管怎麼看都是模糊的，無論如何都無法把那些字看清楚，她只知道這是一封道別的信，至於要跟什麼人或什麼事物道別，她想不起來了。女孩從書架上抽出一本書來翻閱，書上的字一樣是模糊的，怎麼都看不清楚，每一頁都如此。她又隨手翻閱了幾本書，還是相同情況，她無法看懂書的內容。

不知道的事跟想不起來的事，遠比自己想像中還多，也許只要穿過森林找到少年的朋友，至今所有的疑惑都能得到解答。女孩這麼想著，小心的把信紙收回信封裡，放到那疊文件最底下，她不希望被任何人發現這封信。儘管女孩不知道自己要跟什麼人道別，但她知道這一定是個祕密，連自己都搞不清楚的祕密。

Melody

我人生想要的一切都在我的計畫裡，包括許仙。

父母在我五歲那一年離婚，那之後我改跟母親姓，名字由曾麗楣變成何麗楣。我沒有父親的聯絡方式，從他們離婚那天起，我再也沒有見過他和弟弟。當時父親帶著弟弟離開，把我跟母親留在原來的房子裡，老家，四層樓公寓的二樓，在狹小的巷弄裡，停滿摩托車腳踏車，路邊放了整排大大小小的盆栽，車子開不進去的小小的巷子。我是沒有被選擇的那個孩子，父親母親都想要弟弟的監護權，沒有人要我。弟弟被帶走以後，有好長的時間母親很不快樂，她老是皺著眉頭，經常哭，在家裡抽菸，連做家事都懶了，有時她睡在客廳的沙發上，好像在等門。父親是木工，家裡的隔間是他做的，佛堂的那張木頭桌子，也是父親親手做的，上面擺了一尊陶瓷的觀音佛像，簡易的香爐，紅色的燈座，側邊放著父親家族的神主牌位，父親離家時沒有帶走，母親也沒有整理，就一直放在那，滋生灰塵，逐漸黯淡。我沒有問過母親，也從來不知道她是怎麼想的。

父親不要我，母親也不想要，很小的時候我就知道，我要做一個明白事理的孩子，將來長大了要做明白事理的女人。很早我就意識到，我沒辦法讓母親快樂。我拚命讀書，學校舉辦的各種比賽，演講、書法、模範生選拔我都參加，不管學業成績有多好，上台領了多少張獎狀，始終無法讓母親的眉頭鬆開，我就是沒辦法讓母親快樂。她不曾帶我去哪裡，我有的就是陪她去菜市場買菜的印象而已，母親不愛跟我說話，我在她旁邊就像個小跟班。

有時我們會去離家不遠的公園，春天和秋天的時候沒那麼熱，母親比較願意出門，她就坐在旁邊的長椅上讓我自己玩，或是看著我跟其他小朋友玩。家裡有盆很舊的小火爐，用了好多年，冬天的時候她會燒一爐炭放在浴室的角落，然後開個小窗，讓我自己洗澡，母親從沒幫我洗過澡。我能感覺到，她只是在盡一個照顧者的本分，照顧她不想要的孩子。

高中有一天放學，我回家看到母親坐在飯廳抽菸，佛堂的神主牌位被擦拭得很乾淨，還點了香。母親說何麗楣妳來這邊坐，我有話跟妳講。母親很少叫我名字，聽到她這麼喊我，不知道她會跟我講什麼，我戰戰兢兢到她身旁坐下，等她開口。母親把菸摁熄，玻璃雕花的菸灰缸裡，已經有好幾支抽過的菸。母親說父親死了。父親是大半夜喝醉不小心跌進溪裡的，那條路的路燈壞了，天色太暗，父親又喝了很多酒，一時失足掉進溪裡，撞破頭暈了過去，溺死的，第二天才被找到。弟弟沒發現他徹夜未歸，隔天早上起床以為父親在房間裡睡覺，就直接去學校上課，是父親上班的木工廠報的警。

我心跳加快，感覺快呼吸不過來，呆坐在那裡久久講不出一句話。我一直偷偷期望，也許有一天還是能跟父親見面，我想告訴他我經常想起他，想問他有沒有想起過我，想讓他知道，我已經長大了是能讓他感到驕傲的女兒，或許他早就把我忘了，或許有沒有我這個女兒對他來說並無分別，但我還是抱著一點希望，靠著那近乎幻想的希望安慰自己，度過我的童年，我的青春期，在我覺得自己不值得被愛的時候，那是我唯一的，一點點的，覺得自己還有被愛的可能。父親死了，我心裡那個小小的期望，我被人所愛的想像，突然之間破掉了。

弟弟回家了，他一回家便得到母親所有的關愛，住進這個家裡最明亮通風的房間，窗戶正對小巷，陽光明媚，我的房間在弟弟對面，窗外就是後陽台的洗衣機，我幾乎沒開過那扇窗。母親說我們的門對門會吵架，要掛門簾，給弟弟買了新的門簾掛上，叮囑我做姊姊的要讓著弟弟別吵架。好像要彌補過去那些遺失的時光，母親幫他洗衣，為他做飯，母親下廚總是煮她自己喜歡吃的菜，我跟著吃，現在她做紅燒獅子頭，做炸排骨，都是弟弟喜歡吃的。母親開始笑了，這麼多年來，我試圖討好卻辦不到的事，弟弟輕鬆辦到了，他什麼都沒做。母親開始會固定給神主牌位點香，買回來兩座小燈，到了晚上佛堂還是亮著紅色的光，我看著神主牌上曾家歷代祖先的名字，突然明白了自己一直是被排除在外的。

曾家的葬禮，曾家長子當然站在最前面，我跟母親就站在弟弟身後，像不小心闖入留下來看熱鬧的兩個人。隊伍裡有很多我沒見過的曾家叔叔、叔母，姑姑、姑丈，有的人過來寒暄，拍拍母親的肩膀，小聲講幾句話，看了看我和弟弟一眼，點頭致意，又回到位置上。也許我們多年前見過，但我當時過於年幼，沒有半點關於這些臉孔的記憶，好像誤闖別人家的葬禮，一張臉都不認識。父親的死每個人都很傷心，弟弟哭到肩膀顫抖，母親也不停啜泣，我盯著父親的遺照，照片裡的他笑容爽朗，眼尾與嘴角揚起皺紋，眼神有點倔強，兩鬢斑白看起來已近遲暮之年，已經不是他當年離我而去時的樣子。

父親的棺木要推進火化爐的時候，我跟著其他人一起大喊火來了趕快跑，火來了趕快跑，我拚命喊，喊得撕心裂肺，要把藏在心裡好多年，那些沒人知道的傷全都喊出來，在今天跟著父親的棺木一起統統燒掉。爸火來了你趕快跑，爸火來了你趕快跑，像唸咒語一樣，不停重複這些句子，直到整副棺木沒入火焰之中，直到火化爐的閘門關上，我突然記起童年裡，年輕的父親瀟灑不羈的模樣，那麼鮮明，彷彿昨日，我傷心的跌坐在地上，旁若無人哭了起來。整個虎尾鎮的天空是灰藍色的，陽光已不像白天時那麼憤怒，我們沿路灑出去的紙錢，被風吹往不同地方，越來越高，越來越遠，很多東西都在那時候被吹散了，再落地時只剩遺憾。

葬禮結束當晚，我與母親還有弟弟搭夜班火車，從雲林回台北，一路上我們都沒說話。我心裡盤算著早日離開這個家獨立生活，不管是曾家或何家，我都是局外人，姓什麼都沒有用，我要去一個屬於我的地方，真正接納我的地方。

大學四年我一直在打工，每個月都將部分薪水交給母親，她從沒關心我累不累，時間到了就跟我拿錢，我說我要搬出去住，母親只跟我說想清楚就好，弟弟也想搬出去住，母親就擔心受怕，捨不得他吃一丁點苦，要弟弟留在家，不用擔心房租，生活有人照料。我最厭惡母親的，是她總笑著講出最偏心最傷人的話，笑容可以包裝一切，包含惡意，她以溫柔之姿傷人，聰慧狡詰。

畢業以後我如願離開母親和弟弟，搬到市中心的頂樓加蓋，包水電瓦斯，有一個大露台可以烤肉，還附贈兩個年齡相仿的室友，很快我們就情同姊妹。我找到一家私人美術館行政助理的工作，負責一些展覽規劃的執行流程，展場檔期的文宣、作品安裝這類事情，我是從那時候開始接觸藝術圈的。在我當行政助理的那幾年認識了我前夫，他是富二代收藏家，自己也玩票性質的經營幾間藝廊，閒來沒事就去看展，找老藝術家泡茶，跟新銳藝術家跑酒吧。

我們是在一個飯局上認識的，我前夫的父親跟我工作的美術館館長熟識，那天吃飯館長也約了他，整頓飯他頻開我玩笑，敬酒，挾菜，說我皮膚白看起來很可愛，我只是笑，沒太搭理他。酒足飯飽，每個人都帶著醉意，我負責把大家送上車，臨走前他把電話號碼留給我，我沒打給他。一個星期過後他開始往我上班的地方跑，送花，請吃飯，沒多久又往我住的頂樓加蓋跑，幫忙換燈泡，修熱水器，跟兩個室友混熟以後，一起在露台烤肉喝啤酒，很快我就接受他的追求。

我一直渴望擁有家庭，做一個好妻子，好好養育我的孩子，我想要的這個家庭是屬於我自己的，跟我母親或弟弟，跟任何人都無關。當時我們不過才交往幾個月，他跟我求婚的時候我想都沒想，沒有猶豫，立刻就點頭答應了，或許是我潛意識想逃離原本的家，而本能驅使我走向這樣的路。這段婚姻只維持了一年，前夫就跟我之前的一個室友好上了。我突然意識到我可能並不愛他，我不心痛，也沒有哭，只感覺有些錯愕，對於要結束三人之間的情誼感到惋惜。我搬回家去，重新與母親和弟弟住在一起，試圖在我長大的房子裡，搞清楚自己真正要的到底是什麼。在性格傳統的母親眼裡，我就是個婚姻失敗逃回家的女兒，害她在親友和鄰居面前抬不起頭。

「看吧，我講的沒錯吧，這個人有問題我一開始就跟妳說了。」母親看似關心，我知道她在看我笑話。

我讓自己看起來體面，在母親面前永遠穿戴整齊，最新一季時髦剪裁的套裝，精緻的耳環和戒指，每個星期有幾天，我會到隔壁巷子的美髮店洗頭，或是去做指甲，做臉部保養，努力讓自己看起來像新時代女性，人人羨慕的單身貴族。後來我與廣元的戀情一直很保密，決定要生下許仙才告訴母親全部的事，那時我已懷孕十六週，頂著微微隆起的腹部，做出感人的宣示——「不管他要不要，這是我的孩子。」

「上次還不夠丟人嗎？這次做人家小三做到大肚子。」聽到我來往的對象有家室，母親表現出輕蔑與嘲諷。

這些話母親笑著說，我聽了也想笑。人生已經很艱難了，在這一刻假裝安慰也好，她就是無法對我講出什麼好話，我才是從小到大每天跟她住在一起的人，她對我極其敷衍，卻對弟弟溺愛無比，母親從來都沒有支持過我，她從來沒有一次站在我這邊。荷爾蒙作祟，我心血來潮想回她兩句，我真的說出口了，而且笑得很甜美，我一個字一個字慢慢吐向她。

「至少這是我自己的選擇，不像妳沒得選。」

我清楚記得母親聽到以後的表情變化，她的眼神從似笑非笑，到逐步失去光彩，眉頭輕輕的皺了一下，眼神越來越銳利，我看著她的眼睛，死盯盯的看，我看出那裡面除了憤怒之外，還有恨，連接著眼球後方的視神經，也連接著過去，最後到達心臟，在意念裡扎根，恨到骨子裡。

我摸摸肚子，感覺到第一次胎動。是啊，我也成為母親了。

奇幻地　鏡子

「烏鴉好像越來越多了。」女孩從書房的窗戶看出去，看到那些烏鴉形成的暴風圈不斷擴大，地上疊滿了烏鴉的屍體。城堡外觀明明沒有任何窗戶，屋內卻有窗戶看得到屋外。

少年一臉擔憂，天就快要黑了，烏鴉越來越多，到摩耳甫斯家的路恐怕變得困難重重。他從沒在夜晚走過到摩耳甫斯家的路，更何況他對這座森林一點也不了解，不知道前方會有什麼在等著他們。

「我們可能得在這裡過夜。」少年說完走上二樓，想拜託屋子的主人收留他們一晚，女孩輕手輕腳跟著少年。

上了樓梯以後，左側是一條長長的走廊，鋪了跟玄關相同花色的地毯，右側的空間放了一個很大的古董花瓶，插滿了顏色鮮豔的花。長廊兩邊有幾個房間，他們來到第一個房門前，是生鏽的淡藍色鐵門，那藍色很淺很淺，是經過長時間的斑駁褪色，必須仔細看才看得出來。

基於禮貌女孩敲了門，來開門的是一個打扮像護士的女人，她什麼話也沒說，將兩套看起來是病人穿的服裝交到少年與女孩手中，又回頭繼續忙碌。這個房間似乎是醫務室，剛才那個像護士的女人正在一旁，對兩個沒有影子的人解說何謂集體潛意識。

「所以，你說那個人到你夢裡偷走了某樣東西，我是相信的。如果他們已經找到方法的話。」在護士講話的時候，兩個沒有影子的人已經換好病人服了，他們準備要做個小手術。

「不管是誰，都沒有辦法偷走別人夢裡的東西。」其中一個沒有影子的人說道。

「嗯，好險。」另一個沒有影子的人附和。他們一起走到簾子後面去。

等待的時候，少年和女孩換上了鬆垮垮的灰白色病人服，然後坐在簾子外的塑膠椅上。女孩看了看地上的影子，她不想失去自己的影子。有陽光的地方就有陰影，萬事萬物都有陰暗的一面，陰暗，是因為有陽光，影子的存在總提醒她，不管發生什麼都不必擔心，陽光正照耀著。

女孩這麼想著，站起身離開這個像醫務室的地方，少年也跟著走出去，把鐵門關上。

「你們怎麼還在這裡？」護士在門的另一邊大聲質問，少年與女孩頭也不回越走越快，他們的影子緊跟在後，黏得緊緊的深怕被拋下。有時影子跟在女孩身後追隨她，有時影子又走在女孩前方引領她，互相拉扯、陪伴，最終女孩與影子都是一體的，誰也不能失去誰。

走廊盡頭突然傳來音樂聲，少年與女孩放慢腳步對望了一眼，往音樂的方向走去，來到一個像起居室的房間。這個房間沒有門，四面牆上的碎花壁紙老舊泛黃，角落放了一張單人絨布沙發，一把搖椅，還有一座立燈。透過昏黃的光線，可以看到空氣裡有許多灰塵漂浮著，那些灰塵就像顯微鏡下的細菌浮游。

黑膠唱片在留聲機唱盤上轉動，是慵懶的爵士樂，清亮的女聲吟唱著黑暗中的兩張臉，和著有點悲傷的旋律，在幽暗的起居室迴盪。女孩坐到搖椅上輕輕晃動，她想起小時候，外婆家也有一把類似的椅子，傍晚她喜歡坐在上面看故事書，轉頭就可以看見外婆邊抽菸邊炒菜的身影。多小的時候呢？她已經不記得了。

少年走到單人沙發坐下，將頭靠在柔軟的椅背，和女孩一起聽了一段音樂，他們沒有說話，只是靜靜聽著音樂，有時擺動身體，有時閉上眼睛。他們暫時忘記自己在尋找什麼，也忘了那些烏鴉還有迷霧森林的事，忘了自己從哪裡來，現在又要往哪裡去。音樂流淌在整座城堡，這裡空蕩蕩的沒有別人，只有兩個迷失的靈魂。

「鏡子。」少年像發現了什麼指著門口說。窗外照進來的陽光被鏡子反射到少年的臉上，陽光很刺眼，他瞇起眼睛。很奇怪，從城堡的外觀明明沒看到任何窗戶，天色也早就應該暗下來了才對。

房間入口處有一面細長的全身鏡，古銅色的金屬雕花邊框，就釘在一進門右手邊的牆上。少年與女孩走到鏡子前，穿著病人服的他們看起來好蒼白，影子的顏色也變淡了。女孩伸手用指尖觸碰鏡子，表面立刻泛起漣漪，就像雨滴滴落湖面，鏡子裡的她與少年也扭曲變形。

女孩驚訝的吞了吞口水，試著慢慢將手伸向鏡子，由指尖開始，手掌，手臂，肩膀，依序漸漸消失在鏡子裡，像沒入湖中那樣。已經走到這裡了，森林深處城堡裡最裡面的房間，女孩知道她不可能再沿著原路回去。她鼓起勇氣深吸一口氣往鏡子裡走去，少年見狀牽起女孩的另一隻手，也跟著女孩一起走進鏡子裡。鏡面的漣漪逐漸靜止，少年與女孩完全消失。

唱盤轉到最後一圈，音樂播放完了，唱針仍在黑膠唱片上畫圓，聽起來像有什麼訊號被干擾。空無一人的老舊起居室裡，女孩剛坐過的搖椅還在搖晃，那晃動越來越輕，越來越小，最後停了下來。黑膠唱盤還在轉圈，留聲機發出咔嗒咔嗒規律的聲音，不停重複。

L

我在一家廣告公司上班，當時的客戶想找近期備受矚目的年輕畫家，為重新開幕的美術館拍攝一支短影片。我為此擬了幾份企劃案，跟幾位年輕畫家見面，許仙就是其中一位。我們約在飯店的咖啡廳，那是一間有點年代又氣派的飯店，華麗的水晶燈，復古花色的地毯，大廳中央放置了一台鋼琴，在固定的時段會有人表演。許仙說她有時候會來這邊吃飯、喝咖啡，所以我就跟她約在這裡碰面。

我見到她第一眼就有種奇妙的感覺，倒不是一見鐘情，而是覺得這個人很特別，跟我以前所接觸過的女性不一樣，無法被分類。

她很自在，很隨性，雖然年紀小我很多，但跟我說話好像平輩，就好像在跟一個朋友聊天的感覺，不過並不會讓人覺得沒有禮貌。那天我助理去支援另一個案子沒來，我跟許仙交換了聯絡電話，我對她留下深刻的印象。

因為合作這個企劃案，許仙跟著我們團隊在台南住了兩個星期，雖然她真正需要工作的時間只有三天，但她說她不想待在家，來都來了就留在台南多玩幾天，反正她在哪裡都可以畫畫。那是一間便宜的度假旅館，設備老舊年久失修，木頭地板幾乎在腐朽邊緣，踩了就發出聲響，沒有水的游泳池長滿青苔，招牌燈也壞了，有時一閃一閃的，像恐怖電影。

白天時許仙做自己的事，晚上就跟我們一起吃飯，有時睡前大家會待在戶外休息區，喝便利商店買來的罐裝啤酒，邊聊天邊看星星，互道晚安才回房睡覺。那陣子我們訊息傳得很頻繁，會分享正在做的事，也傳傳照片，見了面像普通朋友一樣打招呼寒暄，好像那樣熱絡的訊息不是同一人傳的。我感覺我跟許仙是互相吸引的，但又有點不太確定，也許是我多想，也許她給人就是這種感覺。

回台北的前幾天，有一晚許仙打電話給我，說她房裡好像有老鼠，我其實也沒有抓過老鼠，不過還是去幫她看看。我跟房務人員借了掃把，三兩步到許仙房間，發現那隻老鼠似乎也很害怕，躲在浴室的角落跟我們大眼瞪小眼。我成功用掃把將老鼠先趕到浴室門口，再趕到許仙的房門口，然後把房門打開，等老鼠一跑出去我立刻將門關上。我呼出一大口氣整個人鬆懈下來，手裡還握著掃把，許仙頭髮凌亂，緊皺的眉頭都還沒鬆開，我們看到對方的樣子都笑了。後來我留在她房裡聊天，我們越靠越近，我沒忍住親了她，很深很久的吻，她抬眼看我，又笑了，笑得很甜。
那天之後我們就在一起了，沒讓任何人知道。

妻子知道我跟許仙的事之後，異常冷靜的，只叫我不准再跟她見面。認識許仙的時候是我結婚的第六年，當時我剛成立自己的工作室，準備從原本的公司獨立出來接案，租了一間一樓有庭院的三十坪辦公室，跟房東簽了兩年約，同事也找好了，幾個一起打拚多年的老同學，大家會稍微錯開時間跟公司提辭呈，離職以後馬上到新的工作室接著上班，剛開始有一陣子過渡期，我的薪水幾乎是直接拿去繳工作室的房租水電。成立工作室的資本額，辦公室的房租押金，裝潢，家具，人事費用，這些全加起來是筆不小的開銷，妻子娘家那邊先代墊了一部分。

我跟妻子為了要不要生孩子這件事情有過很多次談話，她已經準備好要當媽媽了，但我還不想當爸爸。有時她哭著入睡，有時我夜不成眠，有時兩個人喝著紅酒迎接清晨，天亮了，日子繼續，但這些談話始終沒有結論。每回參加親友聚會或婚禮，與妻子被問起總是一陣尷尬，什麼時候生孩子，好像變成對已婚人士專用的問候語，我有時很想戲謔的回對方一句，我們也很想生小孩但是我們不孕，然後盯著對方的眼睛看他們會有什麼表情，我希望他們覺得自己戳人痛處然後尷尬到死，希望他們後悔太過隨意問起別人隱私。但一般會把生孩子當成問候語的人，不是沒那根筋就是觀念傳統老派，根本不會意識到自己逾越分寸有失禮貌。

沒有人知道，我跟妻子過著無性生活很久了，我沒跟任何人說，並不是不想說，而是實在羞於啟齒。我是個有慾望的正常男人，但是面對妻子卻沒有任何興致，即便同床也只是單純的睡覺。兩家人定時聚會，岳父岳母過壽，年節訂餐廳訂禮盒，試管嬰兒諮詢，房屋汽車貸款各種家用分配，銀行保險，瓦斯水電，倒垃圾與回收。我跟妻子之間盡是這些生活瑣事，我們忙著工作，等注意到的時候連話都很少說了。忘了從什麼時候開始，我或是妻子，不再與對方分享關於自己的心情和想法，沒什麼特別想知道，也沒什麼特別想說的，一天三餐，日出日落，我們好像只是在模仿夫妻生活那樣的過日子。

我到底還是無法接受安穩無虞的人生，那是會讓人落入平庸的圈套，靈魂裡本應該有的那份歡欣躁動全被消弭，生不出好奇的慾望，不相信其他可能，以為人生最終目標就是組織家庭，生兒育女，圖一個現世安穩。在認識許仙之前，我以為我的人生只能朝著這個方向前進，努力做好一個丈夫要做的事，去說服自己應該要準備當一個爸爸，像其他大部分的人一樣，成為這個社會上最有保障最被認同的多數。而我的心思卻都在事業上，對人類繁衍後代共享天倫之樂實在沒有嚮往。人在婚姻裡，只要兩個人不同頻，有理想有抱負就變成了一件自私的事，偏離大家對合格丈夫或妻子的想像就是罪人。

我不是沒有想過結束婚姻，然後好好跟許仙在一起，就算我們在一起了，最後不免還是走上這條平庸的路重蹈自己覆徹，或者終有一天分手退回各自的人生軌跡上，曾經的愛恨嗔癡就當作好夢一場。我不確定我是否能接受與許仙一起走入平庸，看到她被現實生活吞沒的樣子，也怕一段感情開始又結束，折折騰騰最後又回到獨自一人。妻子沒有打算離婚，她的想法保守，只要能維持這段婚姻，就算我們不再親密，各過各的她都可以接受。雖然妻子不提，但是我知道，只要我提出離婚的請求，妻子就會點頭答應。然而我卻什麼決定都做不了，停留在原地動彈不得，把自己困住。

人們總追求永恆，往類似永恆的事物靠近，但其實永恆是一瞬的，只存在每個瞬間，那一刻會成為不可改變的事實，轉瞬即逝，過了就過了。我們總是拚命追求的，其實早已擁有，或者說，至少擁有過，這些是許仙告訴我的。我跟許仙的確有過好多次那樣的瞬間，屬於我們的永恆就在那裡面，被時間冰凍起來，快樂和傷心都在那些瞬間裡，既是永恆，也是過去，當下即永遠。我與妻子也曾接近永恆，現在的一切都是我曾夢寐以求的未來，我不知道有什麼好不滿足的，這些不都是我要的嗎？或許人就是這麼回事，隨時有可能會變，本來喜歡的一覺醒來就不喜歡了，今天愛，過兩天就不愛了，一直渴望的東西，得到以後就不想要了。

許仙的事情妻子完全不好奇，她一個字都沒問，好像這個人從來就不曾出現，我們談論天氣與時事，談論流行音樂和近期上映的電影，談論我們住的這棟大樓以後要請專人收垃圾，管理費可能調漲兩百元。計畫如何替岳父過壽，去山上那間溫泉餐廳好了，可以泡湯又可以唱歌。小舅舅的女兒下禮拜從美國回來，小舅舅找大家聚會，講好了他跟小舅媽下廚做飯。堂哥做完心臟瓣膜的手術剛出院，要送他的水果禮盒已經訂好了，下午就可以過去拿。我重複起這些生活的事，人在其中卻無法與之連結，笨拙模仿過去的自己，練習與自己的人生重新接上線，生活那麼近又那麼遠，猶如一場醒不過來的夢，但我太清醒了，所以覺得痛苦，吃不多，也睡不好。

跟許仙分手以後，我努力接案埋首工作，開會、田調到處跑，後期剪片、調光，原本討厭應酬，現在誰的尾牙春酒都出席，我什麼事都做，年節還跟著幾個同事一起送禮盒寫卡片，以前的我才不會參與這樣的事。慢慢的案子越來越多，工作室比預期中更快上軌道，有時比之前在公司的時候還要忙，忙碌讓我暫時忘記與妻子在家時那股表面張力般微妙的氣氛。妻子像從前一樣，為我準備早餐，找我一起添購生活用品，或拉著我到市場買菜，跟妻子一起時我總心不在焉，人在家裡，心卻像在流浪。我上班的時候妻子會傳照片給我，告訴我她今天去了哪裡，吃了什麼，不吵不鬧，沒有傷心悲憤，也沒有半點責怪，好像我們之間什麼事情都沒發生過，日子極其普通，甚至比我們過去的任何一天都還要普通。犯錯的是我，這種不把話講開，假裝沒事的相處模式，有時卻令我惱怒。

有一陣子，我只要有空就到和許仙初次見面的那個飯店，點杯可樂，坐在大廳裡聽人彈琴，偶爾有大提琴加入，現場演奏，氣氛歡快，這裡的人們笑容滿面，跟著音樂擺動身體，時而大笑舉杯，歡騰喧鬧。我看著那一張張臉燦笑如花，心裡又羨慕又嫉妒，想不起上一次這樣發自內心的笑出來是什麼時候，不知快樂為何物。回家對我來說變成一件困難的事，我找藉口加班，在外面閒晃，車開到家，總要在車上坐一會兒才願意上樓，進門前強迫自己提起精神，不讓妻子看出半點失落。晚上我們各自佔據床的一邊，滑手機或者看書，不怎麼交談也不說晚安。隔天睡醒如果妻子已經出門，我便躺回床上，這時才能真正好好的睡上一覺，我曾為此請過幾個小時的假，就為了有完全放鬆的睡眠，就算只有半個小時也好。

因為我變了，我與妻子之間實質上就是跟從前不一樣，若以科學的角度來說，人類每分每秒都在變，我們的細胞只要幾年就會全部更新過一遍。我看起來跟從前一樣，但已經不是從前的那個我，現在全身上下的細胞，沒有一個是與妻子初識時是一樣的了。聽說細胞有記憶，也許是因為這樣，有關妻子的記憶才會變得那麼淡，回憶裡那個開懷大笑妻子的身影，輪廓逐漸透明，儘管我心中的妻子就快要消失，她仍盡她做妻子的義務，把家裡打理好，照顧我的生活起居，陪我出席重要聚會，好讓我們在親友面前，還是從前那對恩愛的模範夫妻。飯局上我坐在妻子身邊，最後兩道菜大家喝多了，我敷衍的笑著回敬了幾次酒，不知怎麼想起許仙，想知道現在她身邊的人是誰。

夢境　日蝕

光線出現了。

我跟著光線走，怕被自己的影子追上，我越走越快，忘了影子和我其實是一體的。

光線改變了所有東西的質地，仙人掌融化成綠色黏稠的液體，像冰淇淋那樣慢慢化開。曠野變成軟軟的果凍，只要待在原地不動就會慢慢下陷。

我沒入黑色的透著微光的地心，猶如凝固在琥珀裡的一隻蜜蜂，在時間的洪流裡靜止，所有的快樂和心碎也一起被保留。

我抬頭往上看，城市還是一樣熱鬧，跟從前沒什麼不同。每個人都在忙著自己的事，不會有人發現我在這裡，就在他們的腳下，動彈不得，發不出聲音。

周遭發生巨大的變化，那類似命運的東西正一點一點把我吞噬。太陽的壽命已經耗盡，連最後一點點的光都沒有了。

突然之間飄起了雪，我在溫暖的床上睜開眼睛，從窗戶看出去是一片雪白的風景，山峰和樹林被灑了一層厚厚的糖粉，空氣聞起來像棉花糖一樣，甜甜的，有點黏膩。

時間好像沒有盡頭，所有回憶被切成碎片，散落在不同人的夢境裡。對他們而言這些回憶沒有情感，也不具任何意義，只是夢境中的一個情節而已。

我想找到那些碎片重新拼湊，但我明白，即使重返相同的地方，也再得不到相同的感動，深刻的相愛過，便不可能再那樣深刻的去愛另一個人。

人生有些時刻太美，美到我希望時間能永遠停在那裡，而能留住的東西太少，失去的總是太多。

我開始失眠，在蒼白的天地之間，生出了一張蒼白的臉。太陽照不到的地方，那些祕密全都發霉腐爛，變成一隻沒有影子的怪物，緊跟著我不放。

怪物啃食我的睡意，吃飽以後躲進我的影子裡。我關燈，它就延伸在整片黑暗之中，所以我留了一盞燈，讓它只能在我的影子裡。

我跟怪物對視，實際上也只是看著自己的影子。在這張床上，在這個房間裡，我困住它，也困住自己。

我走不出自己的夢境，但我還沒睡去，這樣的片刻，只存在虛實之間，不存在世界上任何一個地方。

經過無數個日出與日落，暴雪和熱浪，在果凍般的地心被困住，在溫暖的床上睜開眼睛，天亮了，又暗了。就這麼不斷的重複，無法結束。

我在房間裡不停走動，怕被那怪物追上，我越走越快，忘了怪物和我其實是一體的。

光線消失了。

許仙

順利的話，白天我是醒著的，醒著，又像沒醒，我躺或趴在地板上，只是等時間經過，單純消耗生命，什麼都做不了，什麼都不想做，連吃飯洗澡都覺得麻煩，餓到受不了才吃東西，三、四天洗一次澡。不想出門，出不了門，拒絕一切社交，朋友找我我說要畫畫沒空，跟魏怡海講電話的時候沒天沒地的聊，聲音開朗有朝氣，他問我最近好不好，我會帶著笑意精神百倍說我很好，然後掛上電話躺回地板，感覺鬆了一口氣，突然就哭出來。沒有曬太陽讓我缺乏維他命D，我所能做的就是到陽台去曬太陽，外面的世界讓我恐慌，我像被豢養在高空的珍奇異獸，一丁點人類發出的聲響都能驚擾我。

在遇見L之前我有過幾個男朋友，有的交往時間過於短暫，或許稱不上男朋友，在一起的快樂如同肥皂泡泡虛幻，分手時眼淚都得硬擠才能顯得傷心。我其實不確定自己是否愛過他們。藥物影響我的性慾，我總是無法敞開，無論是我的身體還是心理，面對他們，我的一切都是緊閉的。跟L在一起的時候卻相反，我的身體歡迎他，充滿水氣綿密飽滿，我們出於渴望在彼此身上探索，熱切而深沉，靈魂緊緊密合，像異教徒虔誠信奉教義那樣，近乎瘋狂，毫無理智可言。我們一起的時候從不談論他的妻子，假裝創造出一個只有我們兩人的平行宇宙，從我們各自的人生裡，偷偷借走一點時間，天真的以為可以預支未來。

我們在一起沒多久，我就跟L說了很多關於我的事，我是我爸在外面生的孩子，從小就開始畫畫，其實並不喜歡辦展，我討厭我媽，高中就跑去穿耳洞刺青，是罌粟花的圖案，我喜歡那些關於夢的傳說和故事，考慮之後刺上希臘神話裡夢神的名字。我告訴L我會夢遊，中學就開始吃藥，遇見他之前有好幾年的時間陷入憂鬱，吃了一陣子抗憂鬱的藥。我表達我對夢境的興趣，喜歡虛實之間的話題，我跟他說，靈魂就是意識，肉身消失以後，只剩下意識，也就是俗稱的靈魂，可以去任何地方，當然也可以跑到夢裡，因為夢境也是我們的意識。他聽我說很多這樣的話，從沒表現出不耐煩，有時候，我在下午短短的睡眠時間裡做了奇怪的夢，也會打電話告訴他。

L的一切對我來說剛剛好，吃東西的樣子，發脾氣的樣子，撒嬌的樣子，都是我喜歡的，多一分太多，少一分太少。我喜歡他有點強勢，不會讓著我，我們吵起來勢均力敵，但他略勝一籌，我也心甘情願。我們彷若天作之合的完美頻率，是建立在錯誤的基礎上，我心裡清楚，但我假裝不知道，又或許我們都不願看清，選擇繼續耽溺在奇形怪狀的愛裡。每次跟L擁抱的時候，我都覺得悲傷，難過得幾乎要掉下眼淚，好像心裡破了一個很大的洞，我們越靠近，就越空洞。魏怡海說大部分的婚外情都不會離婚，我一直隱約有種感覺，L有一天會離開我回到他妻子身邊，後來L提分手說從今以後不要再見面，我明白自己沒有立場講任何話，我連生氣的資格都沒有，我沒有吵沒有鬧，希望在最後留一點尊嚴給自己，在最後還能獲得他的一點尊重。

這段關係結束後沒多久我又陷入憂鬱，失眠，厭食，掉髮，於是又開始吃藥，一堆藥，又開始了。像在深山裡的鬼屋迷路，不管怎麼走都找不到出口，我慌亂魯莽胡亂衝撞，把自己搞得頭破血流，也找不到所謂的意義，什麼生命中發生的一切都是最好的安排，去他的雞湯，去他的金句，事情爛透的時候就是爛透了，趕快過了就好，才沒有什麼意義。只有時間是真理，不管我們再怎麼想暫停喘口氣，時間從不停止流動推著我們往前，把我們推向全新的宇宙，快樂和傷心留不住，這一刻的都會成為過去，沒有什麼是能留下的。我看起來很好，備受矚目的新人畫家，辦展，訪問，光鮮亮麗，活色生香，沒有人知道我的內心一團糟。我在人前表現出明亮樂觀的樣子，好像我生來就是如此，尤其是在我媽面前，我沒讓她知道我傷心，沒讓她知道我有過這樣的一段感情，天知道她會講出什麼惡毒刻薄的話。我這麼恨她，談起感情卻跟她沒兩樣，我討厭自己，我成為了自己討厭的那種大人。

奇幻地　神獸

湖面乍看是銀質的，像光滑的銀飾表面散發光澤，質地卻像果凍一樣，濃稠又富有彈性。少年與女孩所有的動作都變得很慢，拚命揮動著雙手雙腳，簡直就像在果凍裡面游泳。許多人將他們不要的回憶都投入湖裡，這座湖裝滿了很多回憶，是那些被丟棄的回憶造成了質的變化。

他們順著頭頂上方的光線，好不容易游到最頂端，費了一番力氣爬出濃稠的湖，坐在草地上，重新適應這世界的空氣大口呼吸。湖面在月光的照耀下，由固態恢復成液態，又開始流動起來，剛才黏稠的質感彷彿只是錯覺，只是一種預感尚未發生。

鏡子的另一面是夜晚草原上的湖，清新的青草味瀰漫在空氣裡，無垠的天空灑滿細細碎碎的光點，像星星爆炸後的碎片，自成一條銀河。少年與女孩看著眼前這片景色，久久未回神。剛剛還在森林的城堡裡，沒想到穿過鏡子闖入這個塞滿回憶的湖，現在又從別人的回憶裡爬出來，渾身濕黏，恍若隔世。

風吹來的時候，草原就像綠色的海浪起起伏伏，放眼望去，整片草原只有一棵大樹，樹幹高聳入天際，樹根盤根錯節，那樹幹也許要好幾個成人張開雙手才能圍成一圈。少年與女孩抱著樹，閉起眼睛，感受樹的孤獨，安慰樹，也被樹安慰著。他們抱著樹的時候，明白了這棵樹已存在成千上萬年或著更久，樹見證過一個宇宙的毀滅，又誕生，經歷了世間萬物的興衰與緣起緣滅。

樹是自願的，自願在無數的變幻無常中保持不變，在這個永夜的世界裡，守護這片草原與星空。不知道過了多久，幾乎感覺不到時間的流逝，剛剛還殘留在少年與女孩身上的，他人的回憶和情感已經完全不見，他們不再感到惆悵，才發現那惆悵原來不屬於自己。樹接收了一切。

此時風顯得更烈，四周起了濃濃的大霧，有個黑影在濃霧中慢慢浮現，輪廓逐漸鮮明，是從沒見過的獸。獸的身形巨大，身體周圍被一層金色的光包圍，像某種鳥類，有著翅膀與喙，站立不動有一層樓那麼高。少年曾聽摩耳甫斯提過神獸的事，他認出眼前威風凜凜的生物就是神獸。就算聽過傳說，親眼所見還是大為震撼。

少年與女孩目不轉睛，驚嘆眼前神話般的生物，他們從不知道有這樣的生物存在，至少在他們的認知裡沒有。也許這個世界本就如此，不知道、沒見過的事情多得數不清，等著有人去發現、去相信，未知的東西才會逐步顯化，一一現形。那片森林和城堡，還有這座果凍般的湖，都在教會他們相信。

「妳可以問神獸任何問題，神獸會回答妳。不過只能問一個問題。」少年壓低聲音，深怕驚擾神獸。

「任何問題都可以嗎？」女孩跟著壓低聲音問，目光並未從神獸身上移開。

「嗯，任何問題都可以。」少年也有困惑的事，不過與女孩相比，他覺得自己的困惑算不了什麼。

女孩想著至今為止腦袋產生的困惑，思考該問出哪一個問題。有什麼，是自己真的不知道的嗎？也許所有的問題總有解決辦法，總會找到答案，可能只是現在還沒有想到，不代表未來困難不會迎刃而解。時間還沒有到，就不會知道答案，時間會在我們該知道的時候把答案帶來。

如果現在不是知道答案最合適的時機，那麼提前知道了又能怎麼樣呢？事情並不會因此有任何不同，我們還是會在關鍵時刻做出相同的決定，在茫茫人海裡遇見該遇見的人。每一個大大小小的選擇都是註定好的，發生的所有一切都是宇宙的安排，而人類必定會遵循這些軌跡前進，這些全都記載在那棵古老的大樹裡。

「我沒有想問的問題，只希望自己能勇敢一點。」女孩思考以後說，她看著神獸的眼睛，不再渴望答案。也許追尋本身就是答案。

與神獸道別以後，少年與女孩在星空下散步，他們暫時把要去摩耳甫斯家的事拋諸腦後，就只是專心的走路，忘記了目的地以後，步伐更顯輕盈。他們走過一波又一波綠色的小海浪，走過繁星，走過山谷，經過一條河流的時候他們停了下來。

河流兩邊擠滿了人，這些人緩緩向前移動，沒發出半點聲音，像虔誠的教徒，正在進行某種神祕的儀式。長長的隊伍看不到盡頭，有些人提著燈籠，有些人拿著蠟燭，燈火與燭光倒映在河面，而那河流好像某種溫泉，散發溫暖的蒸氣。一艘一艘小船順流而過，滑行於蒸氣中，每艘船上只坐了一個或兩個人，他們專心看著前方，安安靜靜的划船。

「那裡有一艘空的船。」少年小小聲對女孩說，示意女孩看向船的方向。趁著沒人注意，少年拉著女孩跳上船，熟練的划動船槳，看起來就像他們其中一員。

「我們要划去哪裡？」女孩問，她提醒自己持續看著前方，不要被其他人發現，她其實不知道自己要去哪裡。

「跟著大家一起往前，我們現在是集體潛意識的一部分。」少年回答，他也看著前方。

不知道從哪裡傳來清脆的鈴聲，少年以為自己聽錯了，但是這裡這麼安靜，只要有任何聲響都聽得清清楚楚，不可能會聽錯。他仔細聽，又聽見了那清脆的鈴聲，是風鈴，他確定那是風鈴的聲音，他曾經聽過。少年偷偷看了女孩一眼，女孩一點反應也沒有，什麼都沒聽到的樣子。

魏怡海

下午坐電車到幾條街外去幫學生上課，經過二手市集附近賣冰淇淋的店，我看看手錶，今天提早出門還有一點時間，臨時決定在這站下車，喝杯咖啡、吃個冰淇淋再過去。我在週末教學生彈鋼琴，算是一小筆固定的收入，有一次許仙來蘇黎世找我，她剛失戀整個人失魂落魄，我每天陪她到處走，還把她偷渡到我的學校，或者，有時候她會在學校附近的咖啡館等我下課。到了週末我要教學生，她就自己一個人坐電車到這個廣場，看書，發呆，曬太陽。她說這家店的冰淇淋很好吃，她每次都選阿華田口味，再擠上一圈鮮奶油。

我記得有一天，我教完學生以後到這個廣場找她，遠遠就看到她坐在角落的椅子上，身體縮得好小，微微顫抖著，好像在哭。我走過去拍拍她，揉揉她的肩膀說欸許仙妳還好嗎，她抬起頭看了我一眼繼續哭，小小聲的，抽抽噎噎，冰淇淋握在手上都融化了，整隻手黏答答的。我身上沒有濕紙巾，連衛生紙都沒有，就把她帶到旁邊的咖啡館點了一杯康寶藍，讓她到廁所去把手洗乾淨，整理一下自己。

「妳今天喝過咖啡了嗎？這杯康寶藍給妳。」許仙回到座位以後我把咖啡杯挪到她面前，她看起來好多了，眼神不像剛才那麼悲傷，希望她還喝得下這杯咖啡。

「我覺得我整個人好空，做什麼都靜不下心，我還是好想他，一直想到他。我覺得自己很丟臉，年紀也不小了，竟然在經歷這樣的戀愛，什麼鬼戀愛，我連我跟他算什麼都不知道。我明明這麼不喜歡我媽，現在卻跟她一樣，而且還這麼脆弱、這麼哀傷，噁心死了。我現在也畫不出什麼像樣的東西，我什麼事情都不想做，沒有好好吃飯，沒有好好睡覺，沒有保養整個人很粗糙，我覺得自己好醜，我沒辦法喜歡自己。我也不想這樣，但我就是好不起來啊，天氣明明那麼好，我卻很想哭。」許仙一口氣說了好多話，我第一次看她這樣。或許是因為她剛才已經哭完，所以整個人感覺很平靜，沒有什麼情緒。她在講這些事情的時候並沒有看我，只是注視著桌上的一個點，好像不是要對我說，而是必須把那些話丟出來。

「許仙，不管到什麼年紀，人都還是會傷心的，所以不要覺得丟臉。」我認真對許仙說。我覺得會感到傷心，跟能夠愛人一樣要感到慶幸，有一個人能帶給我們這樣的感受和心情，其實是珍貴的，我就沒有這樣的對象，從來沒有，我並不知道這麼傷心是什麼感覺，不知道這麼深愛一個人是怎麼回事。許仙就算是傷心，也讓我有點羨慕，但這些話在這種時候並不適合告訴她。

「嗯。」許仙點點頭，眼眶又紅了。

「妳跟他算什麼關係，妳心裡應該是清楚的，這是婚外情妳知道吧，不是什麼真愛。」我這麼說想提醒許仙，她不願意接受自己是談了一場婚外情然後分手了。我不希望她為這個男的這麼痛苦，花這麼長的時間還沒走出來，太不值得了。

許仙後來沒有喝那杯咖啡，她抿一抿嘴唇，眨了幾下眼睛，好像在努力接收我講的那些話，她閉起眼深呼吸，然後看向窗外，看向廣場上的那些鴿子。我想她應該需要時間消化吧，她要願意面對才有機會復原，面對以後才有辦法開始療傷，我是這麼想的。那次旅程結束之前，許仙還是帶著一股失戀女子的氛圍，不過她不哭了，吃冰淇淋，喝咖啡，抽很多菸，說回去要開始畫畫，然後預約美容美體SPA保養，換個新髮型改變心情。我以為她正在好起來。

我偶爾還是會想，許仙變成現在這個樣子，我會不會也有一點責任。如果我更關心她，就不會有讓她落單的感受，她有時假裝自己很好，我明明覺得奇怪卻沒有多問，我應該問的，我應該讓她知道，至少在我面前不必假裝。如果我能更把許仙說過的話當一回事，也許就能阻止，她老是談論那些夢境，我不知道她是這麼認真在相信夢的事情。我聽說在療養院住得太久，原本正常的人都會變得不正常，會不會是許仙在裡面住太久被影響了？她是從什麼時候開始不一樣的？她有不一樣嗎？還是只是我沒察覺？我偶爾會有像這樣各種不同的疑問。我拿著冰淇淋坐在廣場角落的椅子上，許仙曾經坐在上面哭泣的那把椅子。有幾隻鴿子在我附近的地板走來走去，陽光燦爛，天空藍得要命，路過的每個人看起都很開心，好像悲傷不曾發生過一樣。

有時候我覺得許仙更像我的家人，在她面前不用隱藏，我可以放心成為我自己，許仙從來不曾批判我，不管我做什麼她都支持。

我有一個同母異父的哥哥，我們相差了十二歲，小時候我一直覺得我們是我媽的拖油瓶，她這輩子都在談戀愛，有不少爛攤子還是我跟我哥出面處理的。她常說她命苦，一個人辛苦把我們養大沒人感謝她，從小我就聽她說，要不是因為你們的關係我需要這麼辛苦嗎這類的話，一路聽到現在，好像沒有我們，她的人生就會更好更快樂，都是因為我跟我哥害她犧牲青春，害她沒辦法好好談感情，害她遇不到好人家。她心情好的時候會分享現在交往的男朋友對她有多好，心情不好的時候，會半夜到我房間把我叫起來講心事，儘管我隔天還要早起上學，都阻擋不了她的心痛。那時候我念中學，常常為了聽她的戀愛煩惱而睡眠不足，長大以後我才知道，我媽這麼做並不尋常。

在我哥小學三年級的時候，我媽帶著他逃離了家暴的丈夫，離開原本居住的城市，在離市區四十分鐘車程的地方租了一間小套房，屋內只有簡單的衣櫃和桌椅，舊式的瓦斯爐和冰箱。我媽省吃儉用，除了生活上必要的開銷，幾乎沒有其他花費，她做過家庭代工，去黃昏市場擺攤，也曾在卡拉OK店陪客人唱歌，想盡辦法付房租繳學費，直到我哥小學畢業之前，母子兩人都擠在一張小雙人床上。我媽說那時候她經常躲在棉被裡哭，在我哥熟睡之後，摀著嘴巴哭得小心翼翼，就怕吵醒我哥。

那年代一個離婚的女人帶著孩子，鄰居難免閒言閒語，學校家長會其他同學的爸爸都出席，就算再忙也至少露過一次臉，只有我哥是沒有爸爸的孩子，我媽覺得不甘心，她盡可能的想給我哥一個完整的家，不希望我哥在外面被別人看低。她好不容易存到一筆錢，搬到另一間有隔間的小套房，我哥才有了自己的空間，放他的書桌、參考書和模型，還有專屬的小衣櫥，也有自己的一張床了。後來我媽應徵到成衣廠的工作，環境單純，薪水還不錯，待在成衣廠的日子，可以說是我媽一生中最快樂的時光，她是在那裡認識我爸的。

我爸是那間成衣廠的組長，待人親切和氣，知道我媽一個人養孩子不容易，特別關心照顧我媽，有時收到客戶送的水果禮盒，總偷偷的分裝一些讓我媽帶回去，還會自掏腰包買文具用品送給我哥，很快兩個人就開始約吃飯看電影，悄悄談起戀愛。他們戀愛沒多久我媽就懷了我，一開始還會稍微遮掩，後期乾脆大著肚子上班，也不管工廠裡其他人說閒話，每天給我爸做便當，下班了兩個人一起回家，去接我哥下課然後共進晚餐，一家人和樂融融，有愛最大。我出生以後他們才到戶政事務所登記報戶口，我媽辭去了成衣廠的工作，有比較多時間能照顧我和我哥，她又開始兼職做一些家庭代工，除此之外每天的生活就是顧小孩，做家事，買菜煮飯，也算是全職的家庭主婦了，她終於過上她夢想中幸福美滿的生活，擁有一個完整的家。

開心甜蜜的日子沒過多久我爸就消失了，他有酗酒的習慣，我媽為此跟他過吵很多次架，還摔壞家裡不少東西，甚至差點打起來。不過這些都是聽我媽說的，她有的盡是一些老天爺對她不公平的故事，反正在她的故事裡每個人都欠她，我也不知道有多少是真的。我幾乎沒有跟我爸的回憶，在我三歲的時候，有一天他離家出走就再也沒有回來，他的照片全被我媽剪個稀爛，在年節拜拜的時候丟到金桶裡，跟那些金紙一起燒成灰燼，我對他的長相也只剩下微乎其微的模糊印象。我曾經夢見過我爸幾次，他在我的夢裡沒有臉，因為我不知道他長什麼樣子，我記憶中他的臉是無盡的空洞，就算現在遇見了我大概也認不出來，就算他站在我面前跟我說話，我也不會知道眼前的人就是我爸。我們只是有著血緣的陌生人，我連他是生是死都不知道。

我的整個童年時期，我媽都忙著談戀愛經常不在家，偶爾煮一次晚餐給我們兄弟吃，就覺得自己盡了媽媽的責任多了不起的樣子，又喊累又要我們稱讚，不說句好吃她還會不開心。每次學校需要家長參加什麼活動，都是我哥代替我媽出席，長兄如父，他的確表現得像個父親一樣，帶我出去玩，盯我的學業成績，打工領到薪水還會給我零用錢，他一直很疼我。原本我們的感情還不錯，直到我高中畢業交了第一個男友，我們就很少說話了。我哥跟我媽都不能接受我的性向，曾經設法改變我，但許仙不一樣，她知道了以後只是喔了一聲，然後繼續聊她剛看完的那部電影，好像我只是分享了什麼稀鬆平常的事。我身邊沒有一個人像許仙一樣，以後大概也不會再有了，像她這樣的人，不可能有人跟她一樣。

許廣元

Melody 反反覆覆把許仙送進療養院，沒病都折騰出病來了，可我沒把許仙的求助當一回事，她連求助都講得雲淡風輕，我甚至沒發現那是她在向我求助。如果在她需要我的時候，我能把她的話聽進去，或是我能更相信她一點，事情就還有別的可能，就不會是今天這樣的局面。

許仙現在會躺在那裡，很大原因是我的關係，我沒有好好守護她，相反的，是她在守護我跟 Melody 用謊言編織出來的，祕密的夢。我不是一個好父親。

得知許仙陷入昏迷的時候我正在新加坡出差，Melody在電話裡的語氣很冷靜，冷靜到，我懷疑這通電話只是她的惡作劇，猜想她是故意嚇我作為吵架的報復。我等著，等她將謎題揭曉，冗長的沉默之後，話筒另一端只傳來悠悠的聲音說，你回來就到醫院看許仙吧，通話便結束了。我舔了舔發乾的嘴唇，收起情緒，沒讓身邊的人發現任何異狀，繼續將手邊的工作完成。那是我人生當中最難熬的兩天，每個會議都顯得漫長又毫無意義，明明很痛苦，卻要裝做什麼事也沒發生。

回到台北我直奔醫院，拖著行李箱連衣服也沒換，在上升的電梯裡，我的手心不停冒汗，呼吸也變得急促起來，好像到這一刻我的腦袋才恢復思考，才真正意識到許仙在昏迷當中，一旁清潔人員提醒我的樓層到了，我慌忙走出電梯，連謝謝都忘了說。我在走廊轉角處遠遠就看到Melody，她坐在中庭小花圃的石椅上，手裡握著一杯咖啡，望著天空發呆。有那麼一下子，我好像看到年輕時的她，我們剛認識的時候她總是穿著成套洋裝，手握咖啡，在某個地方等待我出現，那時的她風趣幽默，有話直說，不像現在講話老是帶刺，竭盡所能的嘲諷。

Melody似乎感受到我的視線，轉過頭往我的方向看，我們隔著一條走廊的距離對望，瞬間讓人有種錯覺，好像像只要這麼往前走就能走回從前，回到我們相識的那天，對彼此充滿期待和想像，沒有那麼多掙扎和隱瞞，只是偶爾見面聊藝術、談音樂，永遠保持相同的欣賞，和一點點心動，不需要同甘共苦，不用見到對方過於赤裸的一面，似幻如夢，多好。

「你就沒辦法馬上回來嗎？」我一坐下Melody立刻開口，聲音充滿不悅。

「我在出差，我沒有理由可以馬上回來，妳一直都知道的。」這個問題我們吵過很多次了，我無法從我的工作和家庭當中立刻脫身，這明明是一開始 Melody 就知道的事，她再清楚不過。

「這些話我聽好多年了。」Melody 喝了一口咖啡，似笑非笑。

又來了。

「許仙昏迷你都沒辦法立刻趕過來，事情要嚴重到什麼程度才能馬上看到你？」她的笑越發輕蔑，表情也相當不屑。

我看著她，覺得眼前的這個女人好陌生。

「我們母女永遠排在你的工作跟家庭後面，不值得你多一點關心嗎？」Melody視線停留在前方，沒看我一眼。

她是怎麼變成現在這個樣子的？

變化不是一瞬間的事，變化一定有開始的時候，通常都是在不起眼的小地方造成搔癢，是有什麼明確的和從前不同，但很難讓人注意到的，那種程度的改變。那變化具體是什麼時候產生的，我一點頭緒都沒有，等我感受到Melody在這段關係裡的囂張跋扈時，我們之間的一切早已病入膏肓。我看著她，幾乎已無法與當年的她聯想在一起，到了這種時候她還在爭地位爭排名，爭誰比誰更重要，至始至終，她最關心的是她自己而不是許仙。那個大方得體、明白事理的女人去哪裡了？

我因為太想抽菸，伸手在大衣口袋裡翻找，掏出香菸和打火機。

或許我一下飛機應該先找個最近的游泳池游泳，而不是直接來醫院，我並沒有準備好要看許仙，我想我沒辦法承受那畫面，我無法接受她躺在病床上昏迷的事實，我更加不想看見Melody現在這種令人厭惡反感的樣子。我點起一根香菸抽了起來，邊吸菸邊盯著自己腳上的皮鞋，我注意到上頭有幾道刮痕，是什麼時候弄到的呢？我想不起來，在我稍不留神的某個時候，就這麼刮傷了，不知道那些刮痕在那裡多久了，我現在才看到。鞋子很髒了，回頭得用鞋油保養一下才行。

「許廣元你瘋了是不是？這裡是醫院！」Melody搶過我抽到一半的菸，扔到地上踩熄。

不知道為什麼我有些高興，也許是因為看到Melody終於有別的表情了，在她搶走我手上的菸的時候，那不假思索的憤怒是她真實的情緒，數不清有多少年，她在我和許仙面前總是充滿防備，這樣直接的情感，儘管負面，我已經很久沒有感受到了。

「許仙躺在病房裡三天了，你沒立刻回來看她就算了，連一通電話都沒有，你還在乎我們母女嗎？」Melody 眼裡含著淚水看起來委屈巴巴，她扮演被命運捉弄備受冷落的苦情女人，我就成了不負責任讓她傷心失望透頂的負心漢。

我腦中突然飄過許多曾經跟 Melody 一起的畫面，當中有些時光真的很美，美到我想永遠留在那裡，但我知道不可能。我愛的那個女人只活在我的記憶中，不是眼前的這個人。任憑我們如何努力，時光並沒有倒轉，也無法倒轉，現在的我們應該要往前走，走向全新的未來，而不是走回過去。時間沒有來時路，我們永遠不可能重回生命當中的某段時光，這些年我不過是被困在自己的夢境而已，曾經完美家庭的夢已經碎了，我們不過是被困在破碎的夢裡。

我伸手擦掉 Melody 臉上的淚，不知道該說些什麼，我找不到合適且不傷人的詞彙，此刻任何話都顯得空洞而毫無意義。許仙的到來讓我試著彌補與 Melody 的關係，好多年了，我總是在彌補，不管是我的家庭，或是許仙與 Melody，像兩個黑洞，於心有愧永遠也填不滿。我年紀大了，沒有力氣再跟命運糾纏下去了，遲早我會恨她的，但我不想恨她，真的，我不希望我恨她。

「結束吧，我們到此為止。」我輕聲說，語氣像郵差傳遞訊息一樣平穩。我知道結束的時候到了，每段關係都有走到盡頭的時候，我跟 Melody 的盡頭就在這裡。

她面無表情看著我，不確定自己聽見什麼的樣子，空氣很潮濕，好像隨時就要下起雨來。

「我會再來看許仙。」我轉身，拖著行李箱輕輕離開，沒有回頭。

奇幻地　思念

空氣變冷了，少年與女孩呼出白煙，因為寒冷，有時他們停下划船槳的動作，只為了搓搓雙手，避免手指凍僵。天空飄起了雪，細細粉粉的雪，落在女孩的睫毛上，她眨了眨眼睛，身體微微顫抖。

「太冷了，我們什麼時候會到？」女孩說，她看看四周，其他的船是什麼時候不見的呢？蜿蜒的河流上只剩他們一艘小船。

「就快了，我們已經脫離集體潛意識了。」少年說這些話的時候嘴裡冒著白煙。氣溫下降得很快，河流表面開始出現細碎的浮冰，他們身上單薄的病人服根本無法保暖，在這種天氣下撐不了太久。

岸突然出現了。少年和女孩在身體凍僵之前奮力划到岸邊，下了船以後抱著身體，往距離他們最近的一棟白色建築跑去，留在地面的腳印沒多久就被雪覆蓋，當他們來到白色建築前，來時的足跡已經完全不見，建築物與白雪融為一體，身後所有的一切都被大雪掩埋。

建築物的大門半掩，從門縫傳出溫暖熱氣，少年與女孩一踏入室內，身體就逐漸暖和起來，他們拍去身上的雪，動動手指，感覺指尖末梢的血液循環。室內空間非常寬廣，像淨空的博物館或車站大廳，有著挑高的拱形天花板，牆上掛著大大小小好幾幅油畫，暖氣從送風口不斷傳來，米白色岩石地板看起來很冰冷，踩起來卻是暖的。

在不同的角落裡都有人席地而坐，三三兩兩分散在各處，像是來避難的樣子，每個人都裹著毛毯，喝著熱湯，沒人理會少年與女孩。一位身形瘦弱的長者拿著毛毯朝他們走過來，身後跟著兩名年輕人，其中一個人提著鑄鐵鍋，另一個人拿來了法瑯材質的湯碗和餐具。

「拿去吧，披上它會比較溫暖。喝點熱湯。」長者遞上毛毯，他一說完話，兩名年輕人便打開鑄鐵鍋，盛了兩碗湯給他們。

「謝謝。很抱歉我們擅自進來，外面實在太冷了，還突然下起雪，河水都結冰了。」少年接過湯，感激的說道，女孩也向長者鞠躬道謝。

「不用客氣，這裡本來就是提供庇護的地方。雪國即將進入冬眠，所有事物都會暫時沉睡，直到這場大雪結束。還好你們趕到了，好好休息吧。」長者的語氣就像是個熟練的公務員，聽起來這些話已重複說過上百次，他點頭示意，領著兩名年輕人一起離開。

喝完熱湯以後，身體完全溫暖起來，少年與女孩裹著毛毯，好奇的在庇護所各處走動。女孩來到一幅油畫前，她的心深受吸引，不知道這股熟悉的感覺從何而來，畫上有一隻白色的動物，看起來好像是狗，在草原上神采飛揚，看起來好快樂。那筆觸與線條看起來像小孩子的作品，配色特別又協調，表面卻被亂七八糟的塗鴉破壞。

女孩很小的時候有過一隻小白狗，總在她身後跟進跟出，他們時常一起在外面玩得髒兮兮的，被大人罵了還是笑個不停，然後一人一狗進浴室一起洗澡。只要女孩哭，小白狗就會過來蹭蹭她，把頭靠在她的手臂上，吐舌頭、搖尾巴，弄得她一身口水。當女孩感到孤單的時候，只有小白狗守護著女孩。

少年不懂畫，也不知道女孩想起了什麼，他沒有問，只是站在女孩身後一起欣賞這幅畫，共度這個特別的心靈時刻。畫裡的草原和白色的動物，令他想起了羊，少年思念他的羊群。

身後傳來鼓噪聲響，少年與女孩順著其他人的視線望去，看到建築物另一端有個黑色的身影，是鬼來了。他兩眼空洞，步履蹣跚，慢慢的往前走，等一下就會經過他們所在的這個地方。每個人輕手輕腳，連呼吸都很小心，深怕被鬼發現。他們找到一個最近的房間躲進去，把所有窗戶的窗簾全都拉上，有些窗戶則用布遮擋，並檢查每個窗戶是否都上了鎖，確認所有可能的入口都被封住以後，屏氣凝神的等待。

等了好久，鬼都沒有出現，窗外一點動靜都沒有，鬼應該已經經過這個房間，到其他地方去了。正當所有人鬆了一口氣，慶幸沒有被鬼發現，剛才那個身形瘦弱的長者突然開門進來，責備他們為什麼還在這裡，把大家都嚇了一跳。

「這棟建築物隨時會消失，你們應該快點離開。」原本慈眉善目的長者怒氣沖沖，幾乎是只對著少年與女孩說。其他人神態自若，小聲交談，不知道在談論什麼，偶爾發出笑聲，好像鬼不曾出現，好像長者說的那些話跟他們一點關係也沒有。

「這棟建築物會消失嗎？」長者離開以後，女孩問少年。

「那樣的話全部的人都得撤離，我們根本沒有地方可以去。」少年說，他看了看其他人，因為沒有被鬼找到而慶祝起來，打開窗簾，跳著舞，開起了小小的派對。其他人毫不在意長者說的話。

不能什麼都不做，總得想辦法做些什麼，就算不知道該怎麼辦，只要有所行動，做點什麼都好，就會開始有頭緒。少年心裡這麼想，帶著女孩悄悄走出房間，回到剛才駐足的那幅油畫前，在掛著畫的牆壁後面，發現一扇破爛的小木門。說不出所以然，也許這是他們被吸引的原因，有什麼隱藏在畫的後面。

「走，在建築物消失以前趕快走。」少年打開那扇破爛的木門，深不見底的樓梯通往地下室，幽微的光，只夠看清眼前的路，越往深處越看不清楚。

「如果這裡消失了，我們會怎麼樣？」女孩看著樓梯盡頭，想再次確認眼前這片黑暗是即將要走的路。

「也許我們會跟著建築物一起消失，被這個地方吞噬。或者，我們的輪廓會越來越淡，慢慢變得透明，最後像幽靈一樣。」少年猜想，這裡一旦消失，是不可能有任何東西存在的。

「不管是哪種結果，聽起來都不是好事。走吧，我們離開這裡。」女孩牽起少年的手，通過木門，往地下室走去。

光線隨著步伐移動，跟著他們慢慢下樓梯，靠著那幽微的光，雖然看不清前方，至少能看清腳下的路。也許這樣也不壞，把正在走的每一步看清楚，可能才是最重要的。

樓梯比想像中還長，走了好久都還沒走到，沒有盡頭似的，不知道最後會通往哪裡。女孩回頭看了一眼，剛剛走來的地方已經沒有光了，來時路一片黑暗。庇護所那麼明亮，破爛的木門是打開的，光線卻完全沒有照進來，甚至看不出來那裡有個入口。後頭一點光都沒有，前方的路一片黑暗。

沒有過去，沒有未來。此刻，女孩握緊少年的手。

魏怡海

我計畫逃離我的家，花了好幾年時間補習德文，打工存錢省吃儉用，搬到飛行時數十六小時的另一個城市住下來，想走得越遠越好。一開始我並沒有長住的打算，誰知道時間越久，越找不到回去的理由，音樂在哪裡都可以做，只要有電腦，有樂器，有設備就行，打工教學生賺學費，在哪裡根本沒分別，蘇黎世的時薪還更高。我嚮往的一切都在這裡，無法完全習慣的只有吃這件事，偶爾想念家鄉的味道就試著自己下廚，慢慢的廚藝竟然變好了，現在只要有食譜，各種亞洲的菜色幾乎都做得出來，也算意外的收穫。

蘇黎世的生活一切都好，做自己喜歡的事，一個人安安靜靜的很自由，只是人在異鄉，逢年過節難免有點寂寞，還好一年也就那麼幾天，中秋節我媽我哥會寄月餅過來，有時農曆新年許仙也會寄東西給我。本來半年左右我會回家一趟，後來變成一年一次，再後來我就找理由藉口不回家了，反正視訊很方便，不用一定要真的見到面。

見面很麻煩，在他們面前我沒辦法做自己，我媽跟我哥不必要的關懷，自以為的擔憂，看待我的眼光，都讓我很有壓力。跟我媽我哥同處一個空間讓我不自在，對於我的性向他們沒再多說什麼，但我能感覺到他們對我的期待，就是希望有一天我的性向會改變，變回他們所謂的正常。

這是非常詭異的期待，而我認知到這樣詭異的期待不會有停止的一天。我媽這個人不停在談戀愛，卻還能找到空檔，時不時就把我拖去廟裡收驚，我哥一直想介紹女朋友給我，約我去聯誼約了好幾次，我也拒絕了好幾次。我不想潑他們冷水，這種改變別人性向的願望到死都不會實現，但我沒多說什麼，跟他們解釋只是白費唇舌，很想叫我哥自己改變去愛男人，看他辦不辦得到就能懂了，但我壓下這股衝動。我媽一天到晚裝委屈上演各種情勒戲碼，也時常讓我感到身心俱疲，久久見一次面省得大家煩心，現在這樣的距離對每個人來說都剛好。

上次回家已經是兩年前，這次我哥特地跟公司請了一天假，開著他多年捨不得換的手排車到機場接我。空氣很潮濕，我在副駕駛座上搖搖晃晃，把車窗打開來透氣，從車窗看出去，整個城市如同道具布景，在我身旁不斷往後流逝，熟悉又陌生，像一個新的國度。廣播電台正播放流行歌曲排行榜，我一首都沒聽過，很多歌手都不認識，我像發現新大陸那樣細細品味。我們有一搭沒一搭聊最近的新聞時事，討論晚餐要吃什麼，還有明天幾點要試穿伴郎服，我哥整理了一些跟大嫂戀愛時有趣的小事情，寫在一張 A4 紙上裝在文件夾給我。

「以防你致詞的時候需要，我先整理好了給你參考。」因為太陽很大，我哥拿起墨鏡戴上，他看上去就像電影裡的人物，一個即將舉行婚禮，卻在婚禮前反悔開車逃跑的角色。

「我不能只幫你們彈琴就好？」我實在不想致詞，專程回來參加婚禮還要演奏已經很累人了。

「嗯，也行。都可以，看你。」陽光透過擋風玻璃，照得我哥滿面春風，真希望對於我喜歡男人的事他也能這麼瀟灑。

一進家門，熟悉的氣味撲鼻而來，有種放在衣櫃深處老舊織品的味道，這個屋子裡的回憶一下子湧現，我用力嗅了幾下，聞起來令人懷念又有點感傷，彼方已是回不去的遠方，卻令人有種從未離開的錯覺。我哥提議晚餐去夜市解決，等我媽到家就可以準備出門，我想起最後一次跟許仙碰面的時候，說好下次回來要一起去夜市，好久沒去了，我想吃臭豆腐、麵線羹還有地瓜球，也想試試看很多人排隊新開的那家手搖飲。許仙說手搖飲越開越多家，越賣越貴，但是每一家大同小異，她喝不出有什麼不一樣，她覺得都很像。

這次回來除了參加我哥的婚禮，另一件重要的事就是去看許仙，我跟許仙爸媽約好了，下午在我試穿伴郎服之前去看她。我上網買了一台小型收音機，準備放廣播節目給她聽，或者播放她喜歡的那首歌曲，我把想對她說的話寫在筆記本上，我在蘇黎世的時候就已經想好了，洋洋灑灑寫了六頁紙，在飛機上還修改了好幾次。到時候我會在她的床邊大聲朗讀，她說過昏迷的人聽得見聲音，我姑且相信，但以防她沒聽見，我會把筆記本留在她床頭的櫃子上，翻到我署名的那一頁，如果她醒來的話就可以立刻看到。

許仙，期末發表會很順利，整場我都有錄下來，有機會再讓妳看我鋼琴演奏時的英姿，我在台上可以說是帥得無法無天，第一次有亞洲學生獲得這麼巨大的掌聲跟歡呼，演出結束，我的社交軟體獲得了三個交友邀請。還來不及告訴妳，我開始幫一些短片做配樂了，迴響很不錯，以後妳辦展需要音樂，我可以免費為妳提供，畢竟友情無價。不過，我希望能收到一幅妳畫的畫。

我從沒跟妳說過，妳真的很有藝術天分，妳的畫閃閃發光，這不是客套話，我們之間不需要客套話。妳總覺得妳沒做什麼，那是因為妳很有才華，真正有才華的人就是這個樣子，震懾人心卻不覺得自己做了什麼。前陣子我跟一個新對象約會，他是法國人，我們一起去了馬特洪峰，住在一間歷史悠久的旅館，那裡很美，照片或影像都不足以呈現，一定要親臨現場，才能感受那樣的寬闊和冷冽。

許仙，等妳一起去阿爾卑斯山，那裡有被冰雪永恆覆蓋的少女峰，我們去看冰川，瀑布，還有高山湖泊，也許可以在上面度過幾個夜晚，在那種人間仙境的地方睡著，一定會做很美的夢。

愛妳的魏怡海。

奇幻地　自由

為什麼我會在這裡呢？走下樓梯的時候，少年問自己。剛開始因為想幫助女孩，於是動身前往摩耳甫斯的家，現在卻不知道自己踏上了什麼樣的旅途，跟從前規律的日子不同，沒有任何事情是可以確定的。不過少年仍未停止步伐，他相信，這些迂迴的路是上天的考驗，想要到達就一定得展現決心。

有時他也不知道自己的這些信念從何而來，關於巧合，或是命運，他總是真心相信著某些東西，這世上存在許多奇妙的事情，不是靠眼睛和頭腦就可以理解的，而面對那些未必能夠理解的他都抱持尊敬。現在的他靠著這股信念與女孩往前走，黑暗的另一頭一定有光，少年對此深信不疑。

不知往下走了多久，樓梯終於到了盡頭，能見度依然不高，幽暗的室內空間，只能夠看清楚眼前的範圍。少年與女孩慢慢移動腳步，只看到了幾面牆，又髒又舊的，和庇護所掛滿畫的挑高大廳相反，這裡非常狹窄。離他們最遠的那面牆上有扇對外窗，女孩走過去，窗外是藍天白雲晴朗的天氣。

「外面不是正在下著大雪嗎？」女孩困惑，她和少年是因為暴風雪的來臨而躲進庇護所的。少年也走到窗邊，很快他就發現比天氣更奇怪的地方。剛才明明走了那麼久，沿著樓梯不斷往下，從這扇窗看出去卻是制高點的風景。他們正身處高樓，而那些山看起來全都像灑了一層白色的糖粉，外面似乎正在融雪。

「不對，不應該是這樣的風景，我們現在在地底。」少年說。在遇見女孩之前，他的生活就發生了變化，而這些變化越來越奇怪，開始讓他有些害怕。這棟建築究竟是什麼樣的存在？真的是庇護所嗎？他思考著，並沒有把這些疑慮說出口。

一隻蝴蝶飛過，在幽暗的室內空間裡輕輕搧動翅膀，忽高忽低，來到骯髒的牆面上，翅膀一張一合的，彷彿在尋找出口。蝴蝶飛到窗前，停在透明玻璃上，吸引了少年與女孩的目光。他們想，這隻蝴蝶不該被困在這裡，自由的世界就在窗的另一邊，不該隔著窗卻咫尺天涯。

這隻蝴蝶應該到外面去，他屬於冬天的群山與春天豔麗的花朵們，不是這個又暗又奇怪的地下室。少年和女孩這麼想著，便打開了窗戶，外頭冰冷的空氣竄入室內，蝴蝶立刻隨著氣流翩翩起舞，向外飛往蜿蜒的溪流，飛往遠處的山谷，越飛越遠，逐漸消失在蒼茫的白色曠野中。

「你覺得我們能離開這裡嗎？」女孩感覺被困住了，不，他們的確被困住了。她想離開這個陰暗狹小的空間，離開這棟奇怪的建築，那些畫，那些避難的人，都散發著一股不合時宜的氣息。她已經有點無法分辨，奇怪的是這個地方，還是她與少年。不管怎麼樣先出去再說，地下室的一切都不明朗。

「如果我們相信的話，一切都有可能。」少年說。他知道真心相信的力量是很大的，甚至可以改變結局。沒有來時路，他們無法沿著原來的路回去，唯一的出口是眼前的這扇窗。

一位穿著棕色大衣的老人從角落緩緩走了出來，少年與女孩有些訝異，他們沒想到在地底下的這個空間會有其他人。老人很瘦弱，也許是因為這樣腳步非常的輕，幾乎沒有發出任何聲音，以至於少年和女孩最開始並沒有發現他。老人一邊抽著菸斗，一邊打量站在窗前的兩人。

「很好，至少你離開你的羊群和那個房子了。」老人對著少年說，很滿意的樣子。他深深吸了口菸，吐出的白色煙霧在幽暗之中蔓延開來，像極了幻術。

「你知道我們要怎麼離開這裡嗎？」少年依稀記得老人曾經敲過他的房門，還跟他說了些話，但想不起來老人當時說了什麼，也許類似某種警告。

「我可以告訴你們離開這棟建築物的方法，至於要怎麼離開這裡，就要靠你們自己了。」老人放下菸斗，從角落拖來了一把椅子。

「請問，雪國不是要進入冬眠了嗎？外面的天氣看起來很好，不像要進入冬眠的樣子。」女孩詢問老人的同時，上前幫忙一起搬動那把椅子。椅子有著跟外表不相稱的重量，比看起來要重上許多。

「就在你們走下樓梯的時候，冬眠已經結束了。來吧，到窗台上。」老人拍拍椅子，示意少年和女孩站上去。

「我們要怎麼到達想去的地方？」少年拉著女孩的手，協助她爬上窗台，他們一起坐在窗台邊，背對全世界。

「專心想著你們要去的地方，越清楚越好。」老人坐在椅子上，抽了幾口菸。

「黑檀木建造的房子，周圍開滿了罌粟花。」少年說。

「黑檀木建造的房子，周圍開滿了罌粟花。」女孩跟著複誦。

「兩位請閉上眼睛，仔細聽我說。相信你們自己，相信我，相信很重要。我們能做到的事情其實比想像中還多，包括抵達現在看起來最遠的那座山。你們或許會感到害怕，不過沒關係，這很正常。事情就是這樣，自由總是要付出一點代價的，對吧。」老人的語氣柔軟，少年和女孩閉起了眼睛。

「想著你們要去的地方就好，記住，千萬不要想別的事情，除非你們想摔得粉身碎骨。我數三二一然後你們一起往後躺下，好嗎？專心想著你們要去的地方，現在，想像你們像鳥一樣自由。」隨著老人催眠般的呢喃囈語，少年與女孩的呼吸越來越深長，身體輕飄飄的，感覺有股炙熱的光在胸口。

「三，二，一。」老人用他們從沒聽過的輕柔語氣說。

少年與女孩同時往後躺下。

奇幻地　覺醒

在少年與女孩往下墜的時候，時間的流動似乎發生了變化，周遭的景色不停經過他們，一次又一次，偶爾閃爍出陣陣霓虹。城牆，蘋果樹，古老的大鐘，松鼠，知更鳥，經過他們身邊的所有東西全都快如電流，接著開始扭曲變形，很快就看不出原本的形體，在幾次這樣重複的經過以後，所有物體變成了不同顏色的光束，從少年與女孩身邊流過。

除了他們，所有東西都移動得飛快，像融化的糖果，黏黏稠稠的拉長，只有少年與女孩非常緩慢的，乘著氣流緩緩下降，看起來就像兩支潔白無瑕的羽毛，正輕輕的往地面飄落。整個世界向上後退，唯獨少年與女孩向下前進。下降的過程裡，女孩沒有一刻忘記他們要去的地方，黑檀木建造的房子，周圍開滿了罌粟花，她小聲的複誦這些字句。

待在空中的這段時間比想像中還久，少年與女孩感覺自己的心跳很快，呼吸短促，有一種即將成功的預感，他們相信能夠平安降落，如那位神祕的老人所說，他們是全心全意的相信。不知道什麼時候，兩個人的手已緊握在一起，他們越來越接近地面，可以看見零星幾棟房子的屋頂，山巒和丘陵的樣子也逐漸清晰。風景從一束束光線變回原本的樣子，樹還是樹，原本的城牆已經不見，知更鳥不見蹤影。

當兩人的身體輕觸地面時並未鬆開手，他們站起來，雙腳踏在已經融雪充滿濕氣的青草地，女孩動了動腳趾，那些草踩起來刺刺癢癢的。遠處的大鐘響起，聲音聽起來像從四面八方同時傳來，沒有明確的方位，他們數著鐘聲，連續響了十三下，鐘聲響起的時間點，簡直就像在為他們慶祝一樣。

最後一聲鐘聲停止時，餘音迴盪在山谷間，那回聲慢慢變成歡快的音樂，不同樂器輪流加入演奏，有人開始說話，似乎是廣播主持人正在開場，依舊聽不出聲音是從哪裡傳來的，彷彿是直接在腦中播放。

「你有聽到嗎？」女孩不確定自己是不是聽錯了，她還未從剛才經歷的一切回神。

「大鐘敲響了十三下。」除了鐘聲，少年並沒有聽到其他聲音的樣子，女孩沒有再問下去。

眼前是百花盛開碧綠的青草地，像春天的阿爾卑斯山，周圍的山峰還殘留著一些雪，陽光穿過雲層的縫隙，讓那些雲看起來像金色的棉花糖，天空湛藍清澈，這景象讓人有種置身畫中的錯覺。在他們走下通往地底的階梯，試圖離開庇護所的時候，雪國的冬眠已經結束了，人們從沉睡中醒來，沒有人知道在這場冬眠裡自己失去了什麼，一切都是新的開始。

少年與女孩牽著手，赤腳在這個如畫的地方散步，太陽光溫暖了他們的皮膚，摘下的野花還帶著清晨的朝露。女孩想起曾經的一場湖邊野餐，那天的陽光就像現在那麼美，那麼甜蜜，有人跟她一起坐在經典格紋的野餐墊上，背對著光線，灰綠色的頭髮看起來像鑲著金邊。女孩想不起那個人的樣子，大概是一個很久沒見的朋友，他身上的純粹治好了她失戀的病。

也許，只要找到少年的那位朋友就可以知道，不管是暫時想不起來的事，或是那個人的長相，所有的祕密和疑問，在少年的朋友面前全都無所遁形，女孩這麼想著。她低下頭，發現她和少年的雙腳已經踩在淺灘裡，青草地消失了。浪潮帶動著沙礫，細碎的沙礫包覆上他們的腳背，海的鹹味撲鼻，風也變得黏黏的。

沙灘上散落大大小小，不同顏色與紋路的貝殼，在陽光下閃閃發亮。那些貝類死亡以後，有些永遠沉入海底，有些被沖上岸，作為傳遞訊息的工具，每個訊息只要聽過以後就會不見，這是摩耳甫斯告訴少年的故事。少年俯身拾起一枚白色的海螺，他知道這裡面有訊息是留給他的，或著說，是留給他與女孩的。

兩人同時將耳朵靠近海螺，聽見精靈般的聲音，輕輕悄悄的吟唱著，洞，穴，就，是，通，往，真，相，的，路。少年與女孩看了看對方，將耳朵湊過去想再聽一次，那枚海螺不再發出任何聲音。也許訊息裡提到的洞穴就是他們的出路，也許只要找到洞穴就可以知道真相，少年心裡這麼想著，與女孩在沙灘上尋找了起來，直到海水開始漲潮，他們才注意到月亮出來了。

日夜交接的時刻，太陽與月亮同時在空中，火紅的夕陽像顆火球，燃燒著血色的光，朦朧的銀白色滿月，照亮了藏在岩壁和岩壁之間的洞穴。闇黑的空洞令人心生畏懼，那裡面什麼都沒有，只是無盡的虛空，當少年與女孩凝視著空洞，彷彿有個悲傷的漩渦要將他們吸進去。洞穴就是通往真相的路，而真相，只有摩耳甫斯知道。

漲潮速度快得異常，沙灘完全被海水覆蓋不見，海水已經從他們的腳踝漲高到膝蓋處，少年與女孩環顧四周，現在這片海上除了他們，只有岩壁與洞穴，其他什麼都沒有，連夕陽也被大海吞沒。浪拍打著岩壁，激起小小的浪花像泡沫一樣，月光照耀著兩人，少年臉頰上細碎的雀斑發著光，女孩伸手輕輕撫摸那些雀斑，她看著少年，感覺自己就快要找到答案。

L

許仙在藝術界有大鳴大放的趨勢，愛情與事業同樣令人期待，她青春正盛，才華洋溢，神祕迷人的氣質，好看的樣子，一定有很多年輕男子等著跟她在一起，總有一天，我在她心中的輪廓也會逐漸透明消失，然後被她徹底忘記。我無法回到原來的生活，再也不一樣了，要修復我與妻子的關係有好長的一段路要走，原來的熟悉與平靜，我也已經不那麼確定是不是自己想要的了。而許仙有大好未來等著她，她會繼續體驗愛，經歷心碎又重生，創作出更好的作品，屬於她的時代，屬於她的人生才剛開始。我心頭一緊，發現自己嫉妒許仙的年輕活力，嫉妒她的閃閃發光，我只是個自以為有品味，事業不上不下的中年廣告導演，對婚姻不滿意，頭髮也開始灰白，對人生的熱情與期待，已經不像年輕時那樣朝氣蓬勃。

分手以後我才知道這段關係有多不健康，那些情感混雜著類似恨的東西，可能還有某種委屈和不甘心，畢竟我跟許仙的感情基礎，是建立在我與妻子的婚姻之上，我愛她的同時也是在傷害她，傷害妻子。我知道許仙跟我在一起的時候，內心深處是痛苦的，她想要的是名分，是再普通不過的戀愛，在街上可以大方牽手，坐在靠窗的位置喝咖啡，不需要擔心被誰看見，這種只能躲起來傾訴愛意的戀情不是她想要的。她不想跟她爸媽一樣，躲躲藏藏一輩子太辛苦了，為了守住祕密要說更多謊話，最後謊話說得太多連自己都相信了，但其實真相很脆弱，輕輕一碰就破，對自己編織出來的謊言深信不疑太久，當真相攤開來放在眼前時根本承受不了，看起來很好，其實全部都是壞掉的。許仙的媽媽就是這樣的一個人，許仙非常討厭她。

我沒辦法給許仙名分，也沒辦法跟妻子分開。我認真思考過要如何向妻子提出離婚，我猶豫過，因為許仙年輕，她身上還有著某種不確定性，她年輕的習性有時會為生活帶來混亂，那可能會影響我，影響我的工作，而妻子穩定聰明的性格特質，能幫助我在工作上有更好的表現，也維持著一定的生活品質，但我與妻子毫無激情，在許仙身邊總是充滿活力。當我意識到自己竟然在做這樣的評估，分析與兩個女人在一起的利弊，不僅盤算著與妻子分開，更自以為許仙還在等我，頓時覺得自己真是個不折不扣的大爛人。四十三年的人生走到這步田地之前，我一直認為自己是個善良的好人，簡直是天大的誤會，可見人永遠沒有想像中的了解自己。

宇宙萬物來去都有自己的時間，我卻如此貪心狡詐，婚姻之外還想要愛情，於是另闢宇宙，過著祕密的雙重生活，實際上並沒有平行世界，無法同時存在兩種感情，哪邊都要，就沒有誰顯得是重要的。與許仙分手後，有好長的時間我都想著這件事情，我知道我就快準備好了，到時候我一定可以鼓起勇氣告訴妻子，對不起我不愛妳了，是我的問題，我需要戀愛，需要感受痛苦傷心掙扎才知道自己活著，需要感受到靈魂是鮮活的，我需要的就是這麼膚淺的東西，對不起讓妳失望了。我相信等我準備好的時候，就會這麼對妻子開口，當初創立工作室，由妻子娘家代墊的相關費用已經快還完了，工作室很順利，案子越接越多，剩下的費用很快就可以結清，先與妻子不要有金錢上的牽扯，其他的之後再談，這些話之後再說，我是這麼打算的。

我跟許仙沒有聯絡的這段時間，她發展很不錯，入選上野之森美術館繪畫大賞，作品會在館內展出，她為此去了一趟東京，每天拍照打卡，新認識的朋友，新的刺青，時髦的酒吧與電玩中心，甚至去爬了富士山，她發了很多旅遊照片，有時還搭配短文抒發心情。那幾天我每天點進許仙的社群頁面，知道她過得很好，替她開心之餘內心竟湧現一股惆悵，當初愛得死去活來，現在沒有我的日子也過得挺好，我衷心希望她好，她真的好了，我又有點失落，那代表一切真的過去了。社群頁面最後一張照片背景是河口湖，許仙說過想去河口湖坐遊覽船，她就站在天晴號上面，身旁是頭髮染成灰綠色的年輕男子，兩人穿著同款不同色的薄毛衣，臉頰貼著臉頰，緊緊抱在一起，對著鏡頭笑得好開心，同時露出潔白整齊的牙齒，眼睛瞇成了彎月，金色的陽光在他們身上閃耀，臉上雀斑清晰可見，散發著動人的清新活力。

那年輕無所畏懼的笑容穿透筆電螢幕，向我直衝而來有如雷擊，全身血液好像瞬間被抽乾，我愣了幾秒鐘，直到妻子從浴室出來，我趕緊蓋上筆電，到陽台點一根菸，焦躁的抽了起來。許仙戀愛了？我早該知道有這一天，沒錯，我早就知道，但那畫面近在眼前，沒有防備的狀況下突然接收到訊息，對我還是有點衝擊。我還在想著跟妻子提離婚，真可笑，許仙已經展開新的人生了，我能說什麼呢，我自找的，現在像個傻子一樣也是自作自受，她終究會與年齡相仿的人走在一起，大大方方走在陽光下，那才是屬於她的時間軸，那才是她應該談的感情，應該過的日子。那張照片帶來的震盪殘存在腦部中央，我把菸深深吸進肺裡，經由鼻腔吐掉，許仙與灰綠色頭髮的少年就跟著煙霧向上繚繞，在空氣中慢慢消散，一切漸漸與我無關。

那幾日妻子可能察覺了我的異樣，比平時給我更多空間，或許是以為我在煩心工作上的事，希望我沉澱一下好好整理自己。我仍舊睡不好，但已暫時不去想離婚的事，心情上輕鬆很多，因為放鬆的緣故，廠商的慶功宴上我喝了很多酒，跟大家聊得開心，一杯接一杯的敬。我很久沒喝那麼多了，整個人搖搖晃晃的被同事送回家，半夜兩點妻子還沒睡，她向同事道謝以後領我進門，把我安置在沙發上，拿來準備好的熱茶還有打濕的毛巾，沒和我多說什麼，只說她先去睡了要我好好休息，我看著妻子朝房間走去，背影有股蒼涼之感，妻子看起來好像比從前更瘦小了。我的冷淡日益消磨她的美麗與信心，我破壞了關係裡原有的安穩和信任，卻還像個無賴一樣讓妻子照顧，明明為了另一個女人感到傷心，卻無法將離婚說出口，既懦弱又自私，這樣的自己實在太糟糕了。我知道不可以再這麼下去，這對妻子並不公平，要繼續或是分開，我必須做個決定。

這個世界上喜歡管閒事的人很多，對別人的人生指手畫腳似乎是他們的生活重心，自以為是的給意見，藉此讓自己感覺高人一等，總拿自己的尺去衡量別人，好像人生有什麼標準範本，只能有一種樣子，用我是為你好的姿態，以愛之名，行道德綁架之實。

妻子娘家那邊的親戚就有不少這樣的人，認為生了小孩人生才算圓滿，只要逢年過節有什麼聚會，餐桌上當大家面關心的、催促的、好言相勸的都有。岳父岳母倒沒那麼直接，客客氣氣的很文雅，他們習慣繞圈子講話，怎麼繞都在抱孫子的話題上打轉，我也習慣了。

平時心裡再不高興都無法回嘴，但現在我滿腦子都想著如何與妻子談離婚，也煩惱於尋找一個最適當的時機，對於眼前要我們生孩子的話題，或其他雞婆的人生建議，我完全沒放在心上，也絲毫不在意。愛說去說隨便他們，人生已經很艱難，我沒有多餘的時間傷神。

終於我等到妻子報名參加了瑜伽研習營，那是為期一週的課程，所有學員要住在山上的木屋裡，吃蔬食，打掃環境，日出而作日落而息。我叮囑妻子帶夠保暖衣物，幫她準備厚襪子與保溫壺，然後開車送她到集合處，看著她坐上研習營的專車我才離開。我已經想清楚了，等妻子結束課程回到家我就會提出離婚，我已經下定決心，沒什麼能再阻撓我。

妻子不在的這幾天我規劃了很多事，保險，存款，連分開以後的臨時住處都找好了，還回收了舊衣物，把一些私人物品先搬到工作室去。我想用最快的速度解決這一切，然後去找許仙，告訴她我愛她，分開後的這些日子讓我明白，我應該勇敢追求心中所愛，勇敢過嚮往的生活，婚姻這種一眼就望到底的人生不適合我。

雖然我跟許仙相遇的時機並不恰當，但我心裡清楚我是真的愛她，否則不會有那麼多未曾感受過的情感和慾望。當初要不是Melody威脅我要公開我和許仙的事，我根本不會向許仙提分手。我不太明白，如果照許仙所說，Melody明明也犯著同樣的錯，做著同樣的事，為什麼會對我與許仙相戀感到如此憤慨，她不是應該更能理解我們處境的痛苦嗎？或者，她其實心疼許仙跟她走上一樣的路？

在許仙眼裡，Melody是個不擇手段，充滿控制慾的母親，做什麼都是有目的性的，比如說，生下許仙只是為了要留住自己愛的男人。她對許仙總是挑剔，說話苛薄，好像許仙只是她用來達成目的的產物。所有跟 Melody 有關的事情我都是聽許仙說的，她到底是什麼樣的人我也無從考究，我從沒見過她，那是唯一一次，也是最後一次。

Melody 聯絡我說要見面的時候，我就知道絕對沒好事。我還記得我是在兩個會議的空檔赴約，那天我風塵僕僕趕到，而她正坐在那裡從容優雅的喝咖啡，渾身散發著職場女性的幹練氣息，氣勢凌人。她抬起頭看了我一眼，眼神銳利得簡直要把我看穿。她說她把我和許仙的事告訴妻子了，是給我的最後警告，接下來就會讓我的工作夥伴和往來的客戶都知道這件事。

Melody 要我離開許仙，並且從她生活中永遠消失，當時我實在沒辦法只好和許仙分手，但現在不一樣了，我會跟妻子離婚，而這一切都跟許仙沒有關係，她不是第三者，不關她的事，這段婚姻是我與妻子自己的問題。

妻子結束課程時我去接她，好不容易盼望到這一天，我握著方向盤的手心微微出汗，心中忐忑不安。回家路上我們沒有說話，連音樂也沒放，車子行駛在海濱公路，穿梭在山林間，經過海與夕陽，開往粉橘色的天空。

我無心感受眼前美景，思索著等等到家後該如何開啟話題，車子駛入交通壅塞的市區路段，妻子突然說有事想告訴我，表情看起來略顯緊張。不知道妻子要跟我說什麼，難道是發現了我的計畫？不可能，她不可能發現，我那麼小心。不管怎麼樣，一切都按計畫進行。

「我懷孕了。」狹小的車內空間塞滿妻子的聲音。

L

前車緩緩移動，我跟著輕踩油門。

「剛滿六週，應該是你尾牙回來那天。」妻子扭開收音機，主持人說話的聲音伴隨著雜訊。

車子好不容易才往前進了一點，又停下來了。我被困在癱瘓的車陣裡動彈不得。

奇幻地　真實

踏入洞穴彷彿踏入真空，所有聲音都被這個空洞吸收，在瞬間靜音。沒有腳步聲，也聽不見自己的呼吸和心跳，因為那黑暗太深邃，少年與女孩看不見對方，也看不見自己，只有踩起來像黏土一樣的地質，能夠讓他們確認自己正在行走，確認自己依然存在。

他們牽著的手越來越緊，少年與女孩深知在這樣的地方一旦走散，就再也找不到彼此，因為無法辨別方向，將永遠迷失在這片黑暗裡。女孩不知怎麼突然想起海豚的事，海水會吞噬陽光，海平面以下一千米處，光線就再也無法前進，深海是暗無天日的，只能靠聲波來辨認位置，海豚靠著回聲定位映射周遭環境，得知自己與同伴之間的距離。

光線和聲音都不存在，海豚要用什麼方法辨認出彼此呢？女孩感覺少年牽著她的手心微微出汗，待在無聲的黑暗裡太久，一切都變得難以確定，女孩也有點緊張起來。他們真的在前進嗎？還是這個洞穴只是狡猾的陷阱，讓他們誤以為能在當中找到答案，等到自身的信念被消耗殆盡，才會發現一切都是徒勞？

女孩意識到自己正在思考奇怪的事，也逐漸懷疑起原本深信不疑的東西，那位神祕的老人叮囑過，如果他們無法真心相信，就沒辦法抵達心中想去的地方，一定要快點走出這片混沌才行。少年的腳步漸漸加快，也許是察覺到女孩的緊張，也許是也想趕快離開這片無聲的黑暗，兩人很有默契的，步伐整齊一致，以規律的節奏不斷邁步向前。

黑暗中出現一個小小的光點，隨著少年與女孩前進的步伐，光點慢慢變大，洞穴的出口就在深處，他們看到盡頭了。那小小的光點逐漸暈染出更大的光圈，更明亮的光線，為黑暗的洞穴帶來希望，照亮了少年與女孩的臉龐。在光線出現之前他們差一點就要放棄了，那樣的話就會被黑暗吞噬，還好，他們相信黑暗的盡頭總是有光。

洞穴外什麼都沒有，只有無限延伸的純白空間，一棟由黑檀木建造的房子矗立眼前，周圍開滿了豔紅色的罌粟花。他們在大門前停了下來，兩人牽著的手始終沒有鬆開，少年看著眼前的房子努力回想，摩耳甫斯的家是在這樣什麼都沒有的一個地方嗎？

「我說的那位朋友就住在這棟房子裡，他沒有不知道的事。」少年對女孩說，雖然有些困惑，還是伸出手敲了敲門，沒多久屋內就傳來腳步聲，門打開了，摩耳甫斯站在門邊對著他們微笑，好像一直在等著他們到來。

「兩位，歡迎。快請進。」摩耳甫斯邀請少年與女孩進門，腳步輕快，他們一起走進屋內。

屋內很寬敞，散發淡淡的木頭香味，窗外的陽光將屋內照的暖洋洋的，植物的影子在地板上搖曳，茶几中央擺了豐盛的水果，與精美的茶具。少年與女孩立刻就注意到了，屋外一片純白，沒有太陽，沒有任何植物，什麼都沒有，屋子裡自成一個世界，跟之前遇見的其他建築一樣。

「請坐，我煮了紅茶。」摩耳甫斯帶著笑意倒茶，將茶杯遞給他們。

少年與女孩小心翼翼接過茶杯，路途遙遠，這時候正需要來杯茶。他們啜飲了幾口，感覺熱熱的紅茶流過喉嚨，滋潤了他們疲憊的心，口中香氣四溢，這是他們喝過最好的紅茶，女孩向摩耳甫斯道謝。

「不必客氣。有什麼我幫得上忙的嗎？」摩耳甫斯看了少年一眼，將視線停留在女孩身上。

「說吧，我們就是為了尋找答案而來的。」少年見女孩有些侷促不安，鼓勵她講出心裡的疑問。他們大老遠來到摩耳甫斯的家，就是為了找到答案。

「只要妳準備好，我會將我知道的告訴妳。」摩耳甫斯面帶笑意，似乎很期待為女孩揭曉答案。

「我好像忘記一件很重要的事，但我想不起來了。」女孩吞了吞口水，不知道自己準備好了沒。

「妳忘記的，是妳原本相信的東西，也就是妳原本生活的世界，所以妳在這裡。」摩耳甫斯喝了口茶，把茶杯放回桌上，笑得更深。

「原本生活的世界？」女孩思考著，她不確定自己是否正確的接收了這些話的意思。

「我不會把那個世界稱為真實，因為對我來說，這裡才是我的真實。」摩耳甫斯看著少年與女孩，輕輕挑了一下眉。「這裡是我的王國，人們稱為夢境的地方。不過你們正在兩者的交接處。」

當女孩試著去理解這些話，腦中開始有影像浮現，淡淡的，很模糊，像未顯影完全的照片，有一些生活的氣息，幾張不認識的面孔，慢慢的正在成形。少年皺著眉，好像聽懂了什麼，握著手上的茶杯一動也不動，他轉頭看看女孩，蓬鬆的長髮與希臘文刺青令他感到熟悉，他又環顧屋內各處，茶几，牆面，天花板和吊燈，突然覺得這一切都是假的。他盯著摩耳甫斯的雙眼，想起了被他遺忘許久的事，關於自己的事。少年的眼神變得茫然，好像隨時會掉下眼淚。

「妳在這裡待得越久，原本的世界輪廓就會越淡。現在妳還有選擇的機會。」摩耳甫斯拿起桌上的蘋果，愉快的吃了起來。

女孩想起她的畫還沒有完成，她睡著的時候有人來看過她，跟她說話，放音樂給她聽，是她最喜歡的曲子，常聽的廣播節目。女孩轉過頭，當她仔細看，才發現少年的頭髮是灰綠色的，好像一個自己認識的人，在那艘觀光船上他們一起拍了很多照片。那是個美好的假期，女孩第一次遇見跟自己這麼像的人，他們相信一樣的事，他們都會夢遊，身上還有一樣的刺青。

她想起了母親和外婆，小時候住的那個房子，後院那棵海棠樹，她最愛的小白狗的骨灰就埋在那裡。她想起最後一次入院前，每天因為吃藥昏昏沉沉，沒有接到父親打來的電話。她想起分手的情人要當爸爸了，她的心還是碎的，那個人卻已經要當爸爸了，社群上的超音波照片，寫著初為人母的喜悅。女孩感到頭暈目眩，無法分辨在她腦海中浮現的這些是回憶還是夢境。

「我想起來的這些人、這些事才是真的嗎？拜託，請告訴我真相。」女孩有點激動，她呼吸困難，就在發問的同時好像想起了什麼。

她不要那樣苦澀的人生，她希望能有人告訴她，那些痛苦與不堪，那些憎恨與悲傷，都只是她做過的一場夢而已，不代表什麼。

「妳要真相，這就是了。問題是妳相信嗎？如果不相信，不管找到什麼妳都不會相信。妳相信什麼，什麼就是真的，這就是妳在找的答案。」摩耳甫斯笑個不停，一點也不在意少年與女孩此刻受到的衝擊。他站起身，好整以暇的點燃一根菸，抽了幾口，將菸灰抖落在玻璃雕花的煙灰缸裡。

外婆家後陽台有個一模一樣的煙灰缸。女孩盯著眼前的玻璃雕花煙灰缸，意識裡捲起了滔天巨浪，將她打散，淹沒。她感覺自己漂浮著，在暗無天日的海底深處，沒有半點聲音。

Melody

我搬回家時沒得到半點溫暖安慰，整個孕期母親也表現得漠不關心，她只在意弟弟有沒有打電話回家，她只在意回家的為什麼是我不是弟弟。弟弟去了丹佛，幾年前他交了一個外國女朋友，兩人感情穩定計畫結婚，決定先在丹佛定居，那之後就很少回家了。我與母親曾一起去找過他，搭了很久的飛機，在科羅拉多州。弟弟的外國女朋友不會說中文，特意學了幾個單字向母親問好，笑臉迎人很討人喜歡，母親深怕弟弟被搶走似的，對人家愛理不理，吃飯的時候挑三揀四，對什麼都不滿意，看什麼都不順眼。

我們去眾神花園，走過那些紅色的岩石和土壤，在觀光景點拍照留念，去逛美術館、博物館，討論人類是如何受到藝術的感召。丹佛之旅比想像中令人愉快，母親卻全程沒有好臉色，在各種地方想盡辦法找碴，語言不通照樣能潑弟弟女朋友冷水。時差的關係，弟弟越來越少回覆母親的訊息、電話，一年裡只回台北幾個星期，與朋友見面之外，母親只分到幾天的時間。弟弟在家裡的東西幾乎全部清空了，像是要逃離母親的佔有慾，沒留下任何個人物品，原本的那個房間又空了出來。

母親默默將門簾拆下，屋子裡又只剩下我和母親，好像弟弟不曾出現在這個家。多年沒抽菸的母親又抽起菸，在晾曬衣服的後陽台，那些乾淨清新的衣服有時沾染上菸味，我穿在身上，感覺屬於母親的那股臭味揮散不去。母親對我依舊冷漠嫌惡，但我已不像從前那樣試圖去討好她，我已經長大，有能力在這個社會生存下去，我們平起平坐。我一個人去產檢，照顧自己所有大小事，母親偶爾會關心我的身體狀況，通常她講出口的話尖銳鋒利，大部分時間我只願與她做最低限度的交流，我們有各自的作息時間，互不干涉，連吃飯也各吃各的。母親終日愁眉苦臉，眉頭皺得比從前更緊。

許仙的出生讓母親重拾笑顏，菸也不抽了，幾乎每天到市場買菜，燉湯，做飯，擔心許仙吃不夠，吃不飽。逢人就誇孫女長得精緻可愛，經常抱著哄著玩了好久，慈祥和藹。她到廟裡燒香拜佛求平安符，祈求神明保佑許仙健康長大，過年過生日不忘送上紅包，還織了很多小小的毛線帽給許仙，每一頂都是不同的顏色，五彩繽紛。她帶許仙逛夜市，到兒童樂園坐旋轉木馬，給許仙所有我禁止的一切，極盡寵愛，簡直變了一個人。我從未得到母親這樣的關愛，她以前偏愛弟弟，現在偏愛許仙，她就是不喜歡我。就算這個世界只剩下我跟母親，她心心念念的永遠是他方而不是此刻。我算什麼？

命運從來就不是公平的，有些人生下來就獲得上天眷顧，是被選中的那一個，而我深知我是被遺棄的，連最庸碌平凡的東西都必須努力爭取才有可能得到，即便如此我仍想證明，我也值得被愛。我築構想像中的美好未來，努力成為一個知世故而不世故的體面女子，擁有人人稱羨的工作與生活，充滿光澤的人生，努力忘卻我生來就註定是要被遺棄的那群。而許仙呢，從小到大什麼都不缺，要什麼家裡都滿足她，美好的教養與氣質，對藝術的天分，身邊所有人都愛她，母親、廣元、同學和老師，甚至那些策展人、收藏家、畫廊老闆，沒有人不愛她。那些我曾殷切盼望，必須死命追逐才搆得著邊的東西，她毫不費力就擁有了。

我沒辦法不恨母親，也沒辦法不嫉妒許仙。尤其是許仙，她那麼的完美卻不快樂，我不懂有什麼好不快樂的，我花了這麼多心思在她身上，栽培她讓她學畫，動用我在藝術界的關係和交情，低聲下氣請吃飯拜託那些老朋友，成功將她推上天才新銳畫家的路，廣元不過偶爾出現當一下好爸爸，就得到許仙所有的敬愛與信任，許仙懂什麼？我們母女永遠排在廣元的工作和家庭後面，這麼多年躲躲藏藏的生活讓我明白，我終究只是沒有名分的地下情人，永遠不可能和廣元組成一個真正的家，就算生下許仙也一樣。

當我知道許仙的戀愛對象有家室時大為震撼，我不敢相信這孩子走上跟我一樣的路，她認為天造地設一對的那個男人可是別人的丈夫，也不想想自己說的話聽起來有多荒謬。我告訴許仙，那男人如果真的愛她會孑然一身來找她，如果沒有，那就是不夠愛。

這麼多年了廣元沒想過離開原來的家庭還不夠清楚嗎？我這輩子的青春年華都獻給他，怎麼樣都想不到，在我們形同夫妻這麼多年以後，會聽到他提出分手。

許仙有大好前途，用不著跟我落得一樣下場。

我這輩子沒做過什麼對的決定，阻止許仙錯誤的戀情，也許是我做過最對的一件事。

奇幻地　回去

黑檀木建造的房子像流沙一樣瓦解，那些豔紅色的罌粟花在瞬間枯萎，變成粉末堆在地面上，遠處捎來一陣風，將成堆的沙與粉末吹得四散，什麼都沒留下，沒有邊界完全純白的空間裡，只剩下少年與女孩還有摩耳甫斯三人。女孩望著少年，他們凝視對方，時間彷彿停止了，在光線到不了的意識深海，兩個靈魂終於認出彼此。

「我們有辦法回去嗎？我是說，離開這裡。」少年問摩耳甫斯。

他留在這裡太久，交換了太多，很多屬於自己的東西可能永遠都拿不回來，但他還是想知道離開的方法，女孩還有選擇的機會。

「洞穴就是回去的通道，只要倒著走就能走出夢的盡頭。」摩耳甫斯說。他手指夾著菸並沒有抽，任憑菸灰掉落。

「可是，剛才的洞穴已經不見了。」女孩環顧四周再確認了一次，仍然只有一片純白。

「有的，洞穴就在你們身後。」摩耳甫斯指了指少年與女孩的後方，當他們轉過身去，洞穴就在那裡，幾乎是在他們轉過身的瞬間，像變魔術一樣突然出現。

「只要真心相信，就可以抵達任何想去的地方。晚安，祝好運。」摩耳甫斯的聲音充滿了整個空間，他的身體像沙子般散落一地，變成沙堆被風帶走。少年與女孩再回過頭，摩耳甫斯已不見蹤影，偌大的純白空間剩下兩座岩壁，洞穴依然黑暗得深不見底，至今為止所有的一切彷若幻象，好像只在腦中發生，存在的同時也不存在。

原來少年與女孩好久之前就認識了，在河口湖的觀光船上，那一天，他們交換了祕密。世界上有一個人跟自己有著相同的信念真好，兩個人如此相似，應該可以是非常親密的朋友才對，某一天卻突然失去了聯絡。

像上輩子的記憶，從遙遠的地方朝他們襲來，瞬間想起來的人與事將腦袋塞滿，需要一些時間整理，讓所有東西回到本來的位置。兩人盯著眼前的空洞看了好一會兒沒有說話，只是站在那裡，呼吸，好讓自己回過神。

「妳走吧，沿著原路倒著走回去，不管發生什麼事，不管看到或聽到什麼，都不要停下來。」少年對女孩說。

「你呢？不一起回去嗎？」女孩看著少年，還未開口，她已經知道答案。

「我會留在這裡。」少年的眼神黯淡，但還是對女孩露出微笑。

「我也不要回去，不管這裡是真的還是假的我都不在意，待在這裡很快樂。」

「我沒有選擇，但妳不一樣，妳是有選擇的。我們都有想躲起來的時候，覺得能一直這樣下去多好，不要醒來多好。有一天當我想要回去的時候，才發現我還有好多值得珍惜的東西，我應該好好珍惜才對，但是那些東西都已經被我拋下了，來不及了。」

「可是，在這裡很快樂。」女孩倔強的說，她試圖說服自己，能夠想起的所有回憶都是心酸的。

「妳的人生裡，真的沒有任何一件事讓妳感到快樂嗎？」少年看著女孩，女孩低下頭沒有說話。

「現在的我才知道，只要有一件讓我感到快樂的事，就足夠支撐我的整個人生。不管是身體或心裡受了傷，只要活著就可以慢慢復原。這裡雖然沒有痛苦，但所有的一切都理所當然的進行著，從一個夢境跨到另一個夢境，一個片段銜接另一個片段，沒有累積的回憶，沒有深刻的東西。如果有機會，我會毫不猶豫選擇原本的人生。」這一次，少年非常肯定。

「我們，以後還會見面嗎？」女孩用很小的聲音問。

「恐怕不會了。在這裡我們沒有名字，離開以後，會慢慢忘記對方的長相跟聲音，就算真的有機會再見到面也不會記得，只會覺得很熟悉，這樣的一刻好像曾經發生過，這樣的感覺。」

「醒來以後我去找你，我會記得的，你是一個很好的朋友，我不想忘記。」

「就算妳找到了可能也沒有意義，我一直都在睡，我睡得太久了。在這裡，我有時候會聽到風鈴聲，但從來也沒有記起任何事。也許妳回去以後也是，我們都會再次忘記，妳知道的，我們沒辦法記住所有的夢。」

少年苦笑，他心裡清楚，一起經歷了這麼多冒險之後，不管在哪個世界，他與女孩最後都會把這些給忘記。生而為人，有機會長大跟變老，有各種體驗，並且能感受心痛，也許是很珍貴的事。

一隻小白狗朝女孩撲過來，興奮的搖著尾巴不停吠叫，跳來跳去，撲到女孩身上，用頭蹭蹭女孩，好像一直在等著女孩的到來。他靠在女孩身上，眼神非常溫柔，好像終於等到女孩而感到安心。女孩抱著小白狗，親吻他的額頭，揉揉他的身體，他聞起來像太陽曬過的棉被。女孩伸出手摸摸小白狗，掌心與指尖傳來的觸感好溫暖，圓圓潤潤的身體，柔順的毛，那樣的重量與體溫，都與女孩記憶中一樣，她記得，她夢見過好多次。

以前小白狗最喜歡跟著她了，每天都要散步，老是玩得髒兮兮的，後來年紀大生病了，被外婆養在陽台，女孩時常帶著畫本到陽台畫畫，就坐在小白狗旁邊，有時候也畫小白狗趴著睡覺的樣子。那天，陽台不知道從哪裡飛來一隻蝴蝶，吸引了女孩目光，為了抓住蝴蝶，女孩差一點從欄杆的縫隙間掉下去，在最後一刻，小白狗用盡身體所有力氣將她推了回去。女孩沒有跟任何人說過，小白狗是為了救她才死的，她說不出口，她一直在等著小白狗好起來。

女孩想，等他病好了，要帶他去最喜歡的那個公園散步，一起野餐，夏天就帶他到沙灘玩水曬太陽，一起泡在溫暖的海水裡。她想起小白狗是人生裡少數讓她感到快樂的事物，她輕撫懷中的小白狗，像小時候那樣，而不同的是，她知道在這裡，小白狗可以永遠自由的奔跑下去。

少年看著他們，思念起自己的羊群，總要有人照顧羊群，在每個夜晚把他們帶進不同人的夢裡，他想，自己也該回去了。少年撥了撥女孩凌亂的頭髮，捏捏她的臉頰。女孩感覺臉頰發燙，將小白狗抱得更緊。

「不痛吧？因為妳在做夢。」少年也捏捏自己的臉頰，感覺到手指用力而造成的疼痛，他知道這裡才是屬於他的真實，不過他沒有說。

「嗯，不痛，只是一場夢。」女孩摸了摸自己的臉，點點頭。

「不知道接下來會怎麼樣，也許總有一天，我們會在奇幻地相遇。」少年低頭看，地面上只有女孩淡淡的影子，他的影子已經不見了。

「一定會的，以後的事情誰知道。」女孩說完，輕輕的將小白狗放到地上，摸摸他，再次親吻他的額頭。小白狗發出嗚咽聲，好像知道即將發生的事。

「快出發吧，原本的世界輪廓正在變淡。」少年拉著女孩的手走到洞穴口，他希望女孩在影子完全消失前盡快啟程。

女孩看了看小白狗，又看向少年，如果回去以後忘了在這裡發生的一切，自己應該會繼續活在思念當中吧，她心想。也許遺忘不見得全然是壞事，正因為不記得那些悲傷的遭遇，因此沒有機會感到悲傷，對此刻的女孩來說，能夠忘記更像是一種恩惠，她這麼想著，便生出了勇氣。好不容易遇見卻無法擁有回憶，雖然令人難過，但女孩願意相信，不管是少年還是小白狗，有一天都會與他們迎來真正意義上的重逢。

女孩上前擁抱少年。

在純白色的夢的盡頭，在岩壁之間，在黑暗的洞穴之前，少年與女孩擁抱著，很深很久的擁抱。這個擁抱是第一次，也是最後一次，他們說很高興認識你，同時也說再見。女孩決定把不再屬於自己的東西全都留下，她太累了，她老是覺得累，她好想休息。悲傷從來沒有答案，最難的一直都是放下，那些背負在身上的，越來越重的回憶，無處安放的情感，都將留在這個無盡純白的空間裡。

經過了長時間的靜默，少年鬆開手，他們無法知道那靜默經過了多久，因為時間已經不見了，他們正在時間的中心，此情此景凝結成冰，藏在象徵永恆的水滴，被保存在時間的中心裡。少年看著女孩，這一次他的笑容爽朗，像盛夏的太陽，女孩也笑了，溫柔恬淡，皎潔如月光。

「晚安了。」
「祝好夢。」

女孩閉起眼睛深吸一口氣，轉身踏入黑暗的洞穴。小白狗在這一頭，搖著尾巴吠個不停，像在為女孩送行，儘管在那樣的黑暗中聽不見任何聲音，小白狗還是奮力的跳著，吠叫著。

少年盯著深不見底的黑暗，已經看不見女孩了，他也即將要回到他的羊群身邊，繼續等待郵差來信，把羊群趕到不同的人夢裡。說不定，未來還有機會跟女孩在夢裡相見，到時候他們一定能辨認出彼此。

他想，不知道通過這片黑暗需要多久的時間，也許要燃燒幾百根火柴才會到達，也許要唱幾千首歌才夠，也許，彼方是在需要說一萬次想見你的地方。不管路途有多遙遠，他相信，黑暗的盡頭總是有光，只要一直走就能走到出口。

夢境　克卜勒定律

在接近全黑的深藍之中，眼前彷彿宇宙的初始。真空狀態下沒有聲音，如果在宇宙中大喊某個人的名字，那個人永遠都不會聽見。我漸漸習慣了等待，等待你出現，等待這份想念消散，後來那等待好像存在某種執念，那執念又長出了自己的意志。

我總是在尋找你的座標，在這些星際物質的間隙裡，散落著我們的愛和所有想像，包括每個曾一閃而過的念頭，都和分子雲糾纏在一起。我們約好同時出發，反而無法在未來的軌道上遇見，只能規律的繞行，以防止碰撞造成火花，引起爆炸。

無數個小小的人排成了無數個長長的隊伍，沿著天鵝座上方慢慢前進，那些隊伍飄浮著，好像在搬運人們的記憶，一車一車，那些相愛過的記憶都在裡面。我在隊伍最後好奇張望，數以萬計的想念和遺憾，數以萬計的不甘心和捨不得，那些記憶明明全都來自不同的人，現在看起來全都相似的驚人。

這些記憶和情感被收集起來，不知道最後要運往哪裡，只有那些睡著的人會看到，偶爾人們會在夢境中辨識出自己的情感。

太相似的兩個人就像兩個相同的磁極，當中存在著某種類似離心力的宿命，無論怎麼追趕，永遠都無法靠近彼此。我們之間永遠會存在這個距離，但一方面我暗自慶幸，因為相隔著這個距離，那場足以毀滅的爆炸也不會發生。

糾纏的兩股能量像一場靈魂共振的雙人舞，我或是你，總能給出相應的動作。我總是相信，你知道我正在想你，我也相信那些類似直覺的東西，好比心電感應和默契，不需要文字和言語，一種柏拉圖式的交流。

我仍試圖喊出你的名字，聲嘶力竭巨大的的靜默劃破宇宙，無法傳遞的情感，在沒有邊際的黑暗裡化做一道道閃電，落在你看得到的地方，震耳欲聾。而我掉下的眼淚成為一顆一顆流星，會剛好在你想要許願的時候經過，閃電和流星都是我給你的暗號。

我們各自轉運，這場追逐註定沒有盡頭，我還是繼續繞行，小心翼翼保持和你最近的距離。

醒來的時候我發現自己正在飛機上，但暫時想不起來目的地是哪裡，感覺被困在自己的夢境裡好久，最後在別人的夢境裡找到出口。我記得我做了一個灰色的夢，有大海和月亮，湖泊和迷宮，好像還有你和我。其他的事我都不記得了。

我看了一眼時間顯示「12：12」，陽光從雲層的縫隙穿透而來，剎那間彷彿新生。我像初生的嬰兒，第一次來到這個世界上，這輩子還沒有愛過任何人。

許仙

我睡醒了。

張開眼睛覺得視線模糊，隱約感受到些微陽光照在我的臉上，枕頭很溫暖，床鋪卻硬梆梆的，白色的空間，聞起來有消毒藥水的味道。小型收音機正在播放廣播節目，我的腦袋像一團過期的糨糊，黏稠的轉不動，完全無法思考，不知道自己在哪裡。我感覺自己睡了好長一覺，睡得好深好沉，我做了一個很長的夢，在夢裡經歷了另一種人生，但我想不起關於這個夢的任何細節，覺得，好像遇見了誰，好像把什麼東西留在夢裡了。

我捏捏自己的臉，想知道自己是不是在做夢，發現自己很虛弱一點力氣也沒有，我的喉嚨很乾，口很渴。醫生說我睡了十三天，那十三天裡我媽每天都來看我，為我擦拭身體，修剪指甲，隔幾天就換一次花，床頭小花瓶裡的花看起來比我還有精神。護理師帶我做了一些基本的檢查後送我回房，我爸媽接到通知正趕往醫院，但我懶得應付他們，這種時候我實在無法演一家人和樂融融的戲，也不想被問任何問題。

我坐在床邊發呆，稍微活動手指和腳指，拿小鏡子看看自己的臉，幾天沒看到自己的樣子，像在看別人的臉一樣。我不知道自己發生了什麼事，整個人有點恍惚，好像迷路了好久，走啊爬啊終於找到自己，像魂魄找到身體，不相容的靈與體，正想辦法合而為一，我還需要些時間醒一醒，從夢境的最深處醒來。

我把放在床頭櫃的那封信打開，沒想到竟然是魏怡海寫給我的，我讀著信，覺得溫暖。我沒想過魏怡海是這麼認真欣賞我的畫，他提到那些壯麗的風景，我總覺得我在夢裡見過，某個冰天雪地的地方，所有祕密被大雪覆蓋，萬物進入冬眠，等到春天來臨時再度甦醒。我現在就是這種感覺，被雷聲驚醒的蟄居動物。

冬眠仍是時間生物學的研究話題，某些哺乳類和鳥類，在寒冷的季節會降低體溫，進入類似昏睡的生理狀態，腦部的神經元連接會在冬眠中斷，對記憶造成負面影響，大概就像我現在這樣，有很多事情模模糊糊的，不太確定，想不起來。

我撥了通電話給魏怡海，我希望他是我醒來之後第一個講到話的人，我想讓他知道我醒了，別為我擔心，我會去蘇黎世找他，當然不是立刻飛去，我爸媽一定不會同意，我會等身體好一點，並且把房間整理好以後再出發。

剛出院的時候我還是會到公園閒晃，我喜歡看那些下棋和跳廣場舞的人，還有背著書包剛放學的兒童，我混在他們當中成為一分子，以感覺自己和這個世界接上線。我餵食經過的野貓野狗，給他們乾淨的水，我知道混進群體求生存的辛苦，從不打擾他們，放下食物和水以後就走得遠遠的，等他們吃完離開才過去把東西收走。

我媽經常待在家，主要因為她的藝廊在裝修，只需要偶爾過去監工，整理那些被放到倉庫的藝術品，開開會之類的，她大可以把時間拿去做其他事，卻選擇在家跟我大眼瞪小眼。我們還是很少說話，不過晚上會一起吃飯，她開始研究食譜，煮飯燒菜，印象中外婆過世以後她幾乎不再下廚，前幾天甚至還煲了湯給我喝，小火煲了四個小時。

我爸也改為每週固定回家一次，他說以前花太多時間在工作了，想多陪陪我，有時就跟我一起在畫室待一下午，他也隨手畫了一些東西，我不知道原來他也會畫畫。有次我畫得太晚想出門吃宵夜，順便在附近散一下步透透氣，我爸竟然還沒睡，說不放心我，就跟我走到隔壁巷去吃蛋餅喝豆漿，那是我們第一次一起吃宵夜。

回家住沒多久，突然之間很多東西我都不想要了，想全部丟掉。那些早就該丟的東西還放在家裡，堆積在我的房間，躲在壁櫥、書櫃和床底下，一天天被我餵養壯大，那些傷心都是昨天的事，我不應該還留著他們。是我把自己困住了，是我自己要耽溺在那樣的傷心裡，因為痛讓我感覺自己還活著。

我徹徹底底的整理，把浴室也刷洗了一遍，換了新的床單和枕頭套，將窗簾扯下來，讓陽光照亮整個房間。我用吸塵器把房間每個角落都吸乾淨，跪在地上用抹布仔細擦拭地板，來來回回，一遍又一遍，直到抹布再也擰不出髒水。丟掉幾箱雜物後，我把音響開到最大聲，披頭散髮的搖晃身體，以非常狼狽的樣子跳舞慶祝，滿身汗，再去洗澡。

我丟掉所有和L有關的東西，連我們見面時穿的衣服都丟了，任何會讓我想起他的東西我都沒留下。如果物品有記憶，曾經被深愛眷戀過，相信他們也得以安息。

整理時我找到了一個被我弄丟的風鈴，當時找了好久還以為不見了，原來一直在我房間裡。風鈴小小的，像一個倒過來放的陶瓷小碗，顏色簡單，形狀漂亮，下面是一張海豚圖案的厚紙片，是我喜歡的插畫家的作品。這個風鈴本來是一對的，我把其中一個送給了朋友，一位在東京認識的朋友。他叫青木，從事設計的工作，小學時在台北生活過，中文跟日文都很好。青木小時候也有夢遊症狀，我們非常聊得來，不知道為什麼，醒來以後我經常想起他。以前我們偶爾會通信，互相分享祕密，他說他還沒從上一段戀情走出來，我也告訴他一些關於L的事。有一天我再也沒收到他的電子郵件，他的手機號碼也變成空號，好像人間蒸發一樣，再也聯絡不到他。

最後一封電郵，青木說他覺得自己好了很多，打算開始跟喜歡的女孩子約會，只是那陣子他的睡眠很亂，不是睡太多就是失眠，想先把身體調養好，結果就這樣消失了。不知道青木後來怎麼了，我明白每個人都有自己的難處，我想他應該也有什麼理由所以不再聯絡吧，我只希望他一切都好，這樣就夠了。

我想像青木已經遇見心愛的人，在某個地方過著夢想中的生活，也許有寬廣的草原和湛藍的天空，簡簡單單規律的日子，是他一直嚮往的。

每個月我爸媽輪流陪我回診，我感覺他們之間跟從前不太一樣了，不過我沒有多問，反正不管他們的感情好不好，關係怎麼樣，我都是他們的女兒，這一點不會改變。

我的夢遊症狀好了很多，卻總是失眠，我的心情沒有不好，胃口也不錯，一週游泳三天，在我爸介紹的會員制俱樂部游泳池，也把幾幅住院前未完成的畫一一完成了，開始為接下來的個展做準備，生活可以說是前所未有的規律，但到了晚上就是睡不著。心裡空空的，好像弄丟了重要的回憶，想證明卻沒有半點證據，連要證明什麼都不知道，我懷疑在我睡著的時候，有人到我夢裡把什麼東西給偷走了。

當我這麼說的時候，醫生和我爸媽都很驚訝，他們擔心我又陷進那些奇怪的想法裡，想開藥給我吃，但我拒絕了。我吃的藥已經太多，現在只想讓身體健康一點，不想再靠藥物入睡，所以我試著數羊，很老派的方法，沒想到效果出奇的好。

睡不著的時候我就數羊，我會閉上眼睛，想像有個牧羊人細心照顧他的羊群，沒有邊際的星空下，羊群一一跳過圍欄，在銀白色的滿月前畫出漂亮的弧線，牧羊人和羊群都被月亮守護著。

漸漸的我不太做夢了，或著說，我已經記不住我的夢。有時候哭著醒來，怎麼樣都想不起夢的內容，但是在夢裡感受到的那股悲傷卻那麼強烈，醒來之後，殘留在我身上的悲傷還是好鮮明，需要一些時間我才有辦法回過神，才能確定自己所處的世界是安全的，那些悲傷並沒有發生。

到現在，我偶爾還是會哭著醒過來，我總是無法習慣，每一次，悲傷都像新的一樣。

夢境　134340 Pluto

浴缸裡有一整個宇宙，漂浮著五顏六色亮晶晶的粉末，太空船造型的塑膠玩具，搖搖晃晃，載浮載沉，從一個夢境搖晃到另一個夢境，每次的記憶都是新的。

宇宙是透明的，所有東西都是漫無目的，沒有目標，不需要註解，光是存在就已具備意義，冥王星被我一把撈起，從此由九大行星除名，濕淋淋的，像在哭。

星星發出的光，經過了萬年才抵達我們眼前，當我們看著星星的時候，是過去，現在，未來，三者同時存在的儀式，是超越了時間與空間的祕密。

有人把這個祕密濃縮，放進一顆寶石裡面，鑲在戒指上隨身帶著走。寶石偵測到熟睡的腦波，藏在裡面的各個星球便發出一點點光，好讓那些夢遊的人找到回家的路。

我從一個站牌走到另一個站牌，喝完手上的冰咖啡，丟掉吸管，跳進杯子裡，在漸漸融化的冰塊上翻滾，變成北極熊，在大海裡流浪，找不到可以駐足的冰塊，只好不停的游，才想起來那些冰塊都融化了，只好不停游下去。我看著太陽，感覺眼球要融化，身體卻跟著海水結凍，好冰。

雙眼直視太陽是會受傷的，看著看著就流下眼淚，在鎖骨形成一小片海祥，撐起一把傘，在傘下做日光浴。我變成了小小的人，像螞蟻一樣，尋找你的足跡。沒有肉身，是否還認得出彼此的靈魂？我仍要去見你，帶著另一個宇宙的記憶。

我踏過七月盛夏豔陽曬燙的沙礫，踩過意識海祥的淺灘，加入排隊登船的隊伍，成為群體的一部分。每個人都很安靜，看著前方沒有交談，這裡的人都沒有影子。

甲板上擠滿了搶著看海豚的人，我穿過他們走到餐廳，想找個地方坐下來，角落桌前有位年輕男子好像在對著我笑，又好像不是在看著我。那名男子突然拿出一條圍巾，鵝黃色與湖水綠交織的圍巾，走到我面前問我，妳不圍上嗎？現在有點冷。他替我圍上圍巾，這輩子我們是這樣認識的。

我才發現天氣很冷，剛剛還在風光明媚的夏天，現在講話似乎都吐著白煙。我看著那名年輕男子，感覺自己認識他。天黑了，我們帶著加了威士忌的熱巧克力，走在夜晚的甲板上，巨大的滿月在海平面另一頭，散發著奶油色的光，像顆珍珠。

海豚都睡了，全世界的人都睡了，只有我們醒著，因為我們正在睡。

夢裡我們聊看過的風景，聽過的音樂，和其他夢境的事，男子從身後拿出一朵罌粟花，瞬間什麼看起來都是黑白的，只剩下罌粟花妖豔的紅。

潮水漲了又退，月亮轉了好幾圈，一點一點破碎，又逐漸圓滿，不斷重複的過程，原來就是答案。我看著男子的眼睛，瞳孔裡有一隻羊越過人造衛星，發射出想念的訊號，我越來越想睡，全身軟綿綿的。

男子臉頰上細碎的雀斑被月光暈染成金黃色，他望向海面興奮的說，真美，妳有看到嗎？我朝他視線的方向看過去，看到海面漂浮著五顏六色亮晶晶的粉末，我們乘坐的船就像塑膠玩具，搖搖晃晃，載浮載沉，從這個夢境，航向下一個夢境。

到了那個時候，我不會知道其他夢境的事，所有記憶都是新的，我不會記得灰綠色的頭髮，金黃色的雀斑，越過人造衛星的羊，豔紅色的罌粟花，我不會記得，有個人治癒了我的悲傷。

作者後記

很喜歡文字創作，比起說話，文字更能讓我好好表達想法，不管是在社群上有感而發，或是我自己未公開的文字檔案，幾年以後再回去看這些字，都可以看出自己當時為了什麼而傷心，那陣子過得快不快樂。文字記錄了書寫者當下的狀態，那赤裸程度，我覺得更勝聲音與影像紀錄。

第一本散文發行之後，我與編輯貝莉曾討論過下一本書的內容，也曾嘗試寫短篇故事，但這些故事之間並無關聯，好像很難集結成冊，雖然如此，我還是有想法就寫，有時候也丟給她看。後來與 ELLE 雜誌合作寫專欄，那一年對我來說是很好的學習，每次交稿大約八百到一千字，我很少寫長篇幅文章，剛開始有點困難，後來逐漸找到樂趣。如何把話接下去，怎麼樣能稍微有點起承轉合，要用什麼口吻形容，文章節奏的控制等等，我把寫專欄當作一種練習，在那八百到一千字當中，看看可以完成什麼樣的小任務。

我一直都想寫故事，寫小說或劇本，貝莉鼓勵我，這次不如就試試看寫小說吧，寫一個很長的故事。我對人會做夢這件事很感興趣，也會記錄自己做的夢，平時寫的東西多半關於夢境，順理成章，我的第一本小說從夢境出發，開啟了一場腦內世界的探索，一些自問自答與自我療傷。寫作前和寫作進行中，都需要上網查資料做功課，東方有莊周夢蝶，西方有桶中之腦，其中莊周夢蝶的概念讓我感到驚訝，這樣的哲學論點竟然兩千多年前就有了，沒想到在這麼久以前，人類就在探討虛假與真實。

我曾經在網路上看過一篇文章，裡頭訪問了幾個曾經陷入昏迷又醒過來的人，昏迷的時候有做夢嗎？類似這樣的內容。其中一個人分享，他在昏迷的時候做了夢，非常真實且充滿細節，以至於他並不知道自己正在做夢。

夢裡他有自己的生活，和自己住的地方，有屬於自己的人生，他就這樣過著日子。直到有一天他坐在客廳盯著天花板的燈，突然發現這個燈好像是假的，然後他再看看周圍，發現這個房子也是假的，當他意識到這一切都是假的，他就醒過來了。

先不說這篇文章的真實性有多少，這樣的探討讓我印象深刻。有時我很好奇，這個世界運作的真相到底是怎樣的，是因為我們相信所以它才成為真實，還是因為它是真實的所以我們相信？就拿夢境來說，如果夢裡的我會感受到恐懼或快樂，也對發生的情節沒有任何懷疑，那對於正在做夢的我來說，那個當下的一切也能算是真實的不是嗎？在那一刻，對正在做夢的人來說，現實生活中的世界反而是不存在的。

人如何認識真實？如果夢足夠真實，人很難知道自己是在做夢。

演戲多年，我常覺得真實生活裡聽過的故事，比戲劇更有戲劇性，這個世界存在各種感情狀況，各種家庭關係，我把曾經聽過的真實故事加油添醋，再全部打散放到不同角色身上，就有了夢游記的主要六個人物，經過討論與編排，最後決定以現在看到的形式呈現。

謝謝我的總編輯貝莉，編輯阿爆，她們是真正的文字工作者，小說的剪接師，邏輯清晰不放過任何小細節，反覆閱讀，嘗試不同的編排，票選出最好的版本，甚至比我更投入故事。

謝謝書封設計Woolf，在看了書稿以後，以書中出現的概念設計了幾個版本，她既真誠又偏執的美感，讓我得到了夢境、現實與奇幻地三層堆疊這樣的封面。

謝謝我的經紀人Serena，協助所有宣傳與發行相關事項，在她一句「妳的第一本小說應該至少要有十萬字吧」的壓力下，才能讓我最終寫了超過八萬字。

謝謝在我寫書期間，每一位給予關心與鼓勵的朋友，還有同為創作苦惱的同路人，因為互相分享與交流，讓我在寫作路上不至於太孤單。

最後謝謝閱讀這本書的你／妳，願意聽我說這個故事，寫出來的文字能被閱讀是幸福的，而喜歡的事能被喜歡是幸運的，我會帶著這份動力持續寫作。

晚安，祝好夢。

LV008

夢　游記

作　　者：柯佳嬿
經紀公司：墨寬有限公司

編　　輯：賀郁文、吳愉萱
裝幀設計：犬良設計
內頁排版：郭麗瑜
校　　對：林　芝
業務主任：楊善婷
媒體公關：我在娛樂 ・I DO Entertainment

首刷限定 夢游 小卡
攝　　影：曾彥樺
造　　型：Kevin
化　　妝：陳佳惠
髮　　型：Sydni Liu @ZOOM Hairstyling
手 寫 字：柯佳嬿

發 行 人：賀郁文
出版發行：重版文化整合事業股份有限公司
臉書專頁：www.facebook.com/readdpublishing
聯絡信箱：service@readdpublishing.com

總 經 銷：聯合發行股份有限公司
地　　址：新北市新店區寶橋路 235 巷 6 弄 6 號 2 樓
電　　話：(02)2917-8022
傳　　真：(02)2915-6275

法律顧問：李柏洋
印　　製：沐春行銷創意有限公司

一版一刷：2025 年 3 月
定　　價：新台幣 450 元

國家圖書館出版品預行編目 (CIP) 資料

夢游記 / 柯佳嬿著 . -- 一版 .
-- 臺北市 : 重版文化整合事業股份有限公司 ,
2025.03
面 ; 公分 . --（Love ; 8）

ISBN 978-626-98641-8-8（平裝）

863.57　　114001150